〔智利〕加夫列拉·米斯特拉尔 ◎著

王欢欢 ◎译

葡萄压榨机

海峡出版发行集团 海峡文艺出版社
THE STRAITS PUBLISHING & DISTRIBUTING GROUP Haixia Literature & Art Publishing House

图书在版编目(CIP)数据

葡萄压榨机/(智)加夫列拉·米斯特拉尔著;王欢欢译. －福州:海峡文艺出版社,2017.8(2023.9 重印)

(诺贝尔文学奖大系)

ISBN 978-7-5550-1163-7

Ⅰ.①葡…　Ⅱ.①加…②王…　Ⅲ.①诗集－智利－现代　Ⅳ.①I784.25

中国版本图书馆 CIP 数据核字(2017)第 144517 号

诺贝尔文学奖大系

葡萄压榨机

[智利]加夫列拉·米斯特拉尔　著　王欢欢　译

责任编辑　林　颖

出版发行　海峡文艺出版社

经　　销　福建新华发行(集团)有限责任公司

社　　址　福州市东水路 76 号 14 层

发 行 部　0591－87536797

印　　刷　福州俊丰彩印有限公司

地　　址　福州市晋安区鼓山镇鼓一村福光路 189 号

开　　本　889 毫米×1194 毫米　1/32

字　　数　178 千字

印　　张　7.75

版　　次　2017 年 8 月第 1 版

印　　次　2023 年 9 月第 3 次印刷

书　　号　ISBN 978-7-5550-1163-7

定　　价　47.00 元

如发现印装质量问题,请寄承印厂调换

颁奖辞

瑞典文学院委员　贾尔玛·古尔贝格

一天，一位母亲流下了眼泪，这眼泪让曾经倍受上流社会排挤的语言重新找到了它的光彩和高贵，并通过诗歌的力量寻找到属于它的那份荣光。有传闻说，姓名颇具地中海风格的诗人之一——弗雷德里克·米斯特拉尔（另译为米斯塔尔），当他还在读书，刚刚学会用法文写下早期诗歌的时候，他的母亲总会掉眼泪。这位母亲是一位来自朗格多克乡下的妇女，此时她浑然不知这种杰出的语言背后的魅力。而中世纪法国南部的方言却经由弗雷德里克·米斯特拉尔的笔触被创作在《米赫儿》这部作品。这首叙事诗细致地描写了楚楚动人的农村姑娘对贫困工匠的爱，这首叙事诗如同在漫山遍野的花香中那一丝的泥土气息，诗人再残酷地用死亡作为诗篇的结尾。这样，吟游诗人的古老语言再次幻化成优美诗篇的语言。1904年，诺贝尔文学奖把世人的眼球聚集到这项伟大的成就上。又过了10年，《米赫儿》的作者便永久地离开了人世。

在同一年里（1914），第一次世界大战爆发的时候，又一个米斯特拉尔在世界的另一端——智利出生了。加夫列拉·米斯特拉尔用一首向一位已经离世的男子致敬的诗歌摘得了在圣地亚哥城举办的"花之竞赛"的桂冠。

她的名字传遍整个美洲，甚至是在世界各地都如同神话般被传开。雄伟的安第斯山脉、渺无边际的大西洋都阻碍不了她要来到我们面前这个事实。让我们再次重温她的传奇的故事吧。

大概几十年前，在艾尔基山谷的一个小村庄里，卢西亚·戈多伊·阿尔卡亚加降临到我们的世界。戈多伊和阿尔卡亚加分别是父亲和母亲的姓氏，两人都拥有比利牛斯山区西部的巴斯克血统。父亲曾是老师，随手就可以写出一首诗。他创作的骨子里似乎也杂糅了诗人焦虑与不安的特质。他曾经亲自为爱女建造了一座小花园，但后来在女儿尚且年幼的时候就离家出走了。她那楚楚动人且寿命悠长的母亲发现自己的小女儿总是在与小鸟对话。还有另外一个版本的说法，她被学校赶出来了，那是因为学校觉得她太笨了，不值得在她身上花费时间。她用她独有的方式教育自己，最后在坎特拉担任一名乡村小学的教师。1906年，她恋爱了，对象是一名铁路工人。又过了3年，因为这件事情，她的命运发生了改变。

我们对他们之间的恋情知道得不多，只清楚地知道最后他背弃了她。1909年11月的一天，他自我毁灭式地举枪射击自己的头部。这位青年女子几乎崩溃，如同《圣经》中的约伯那样，歇斯底里地叫喊，指责上天怎么会让这样的事情发生。智利这块贫瘠、焦枯的大地，从它的山谷中仿佛有个声音在风中摇曳，最后传到远处人们的耳朵里。一则实在平凡不过的悲剧，最后却被纳入世界文学的一角。卢西亚·戈多伊·阿尔卡亚加更名为加夫列拉·米斯特拉尔。这位不起眼的乡村老师，与拉格洛芙小姐一样，成为整个拉丁美洲的灵魂女王，被顶礼膜拜。

一系列为悼念离自己而去的爱人的爱情诗让这位文艺界的新人初显名声，而其情绪激昂而又保持理智的诗歌，则被播撒到整个拉丁美洲。不过直到1922年，纽约的出版社才出版了她的诗集《绝望》。诗集中的第十五首诗，曾让一位母亲流下热泪，并被她用来祭奠她那死去的、未降临人世的儿子。

米斯特拉尔将她内心最真挚的爱转移到她所教授的儿童身上。她为他们创作了许多精短的可以轮流歌唱的诗歌，并于1924年在玛兰德里将这些诗歌汇集成《柔情》这本书。由于大家对她的喜欢，4000名墨西哥儿童一起以轮流歌唱的形式演唱了这一作品。米斯特拉尔成为儿童心目中的精神母亲。

1938年，她在布宜诺斯出版了第三本诗集《有刺的树》。该诗集的主要目的是为当时西班牙内战给婴幼儿带来伤害后的募捐倡议。与《绝望》一书中的哀痛相比，《有刺的树》表现出的那种宁静犹如一种芬芳从远处飘来，沁人心脾。让我们一起感受她作品中的纯真，一起踏入她童年的花园，聆听她与自然之间的窃窃私语。她作品淳朴那语言如同雨露，可以滋润口渴者的心灵，灌溉人类的心田。她的诗歌所表现出的母性，如同甘甜的乳汁滋养着我们的心田，又如同希腊岛上的清泉流淌在我们心中。

现在，亲爱的加夫列拉·米斯特拉尔女士，你千里迢迢来到这里，但我们却只能以如此言简意赅的语言去接待你。在这短暂的时间里，我已向大家简单地介绍了你自一位教师登上诗坛宝座的伟大历程。感谢拉丁美洲文坛为我们献出这位高贵的诗坛女王——"绝望"的诗人，将忧伤与母性结合为一体的伟大歌者。

现在，请接受伟大的瑞典国王为敬爱的诗坛女王颁发由瑞典文学院授予的诺贝尔文学奖。

致答辞

加夫列拉·米斯特拉尔

今天，诺贝尔先生一定会高兴地站在天堂的云彩上，注视着瑞典文学院把他"世界一家"的精神传递到拉丁美洲国家。我作为智利国的一分子，倍受瑞典的民主精神所感动。瑞典精神一方面在不断地突破传统，另一方面则保存着淳朴的美德核心。欧洲大陆为此感到自豪，美洲大陆更是将此视为可贵的精神食粮。瑞典精神让我受益匪浅，我不由想到贵国的科技人才，不由想到辛勤园丁，不由想到那些为自己国家贡献薄弱力量的基层劳动者。此时此刻，我代表我的同胞以及西班牙语和葡萄牙语的人民发言，我感到十分荣幸也有些受宠若惊地跟大家一起分享这样神圣的北欧文坛盛会。众所周知，北欧有着悠久的民谣和诗歌文明。但愿上天能够眷顾这个怀有美好精神食粮的国度，保佑它古老的文明以及作为海洋国度以他们的挑战精神对于未来的瞻望。

今天，我的祖国委任学识渊博的加雅多部长作为代表出席致谢敬爱的瑞典，特授权我来领受贵国所给予的殊荣。我相信我们智利会永将你们的慷慨存放在我们记忆最美、最深处。

目　录

绝望集

致罗丹《思想者》　3

坚强的女子　4

无嗣的女子　5

一个婴孩　6

沉默的爱　7

致公义者　8

怀　念　10

未　来　12

致戴莱萨·普拉特斯·德·萨拉台娅　14

乡村女教师　16

圣栎树　19

遇　见　22

爱是主宰　25

痴　情　27

1

难　眠　30

心　声　31

陶　罐　34

天　意　35

空　等　39

羞　愧　42

小　曲　44

苦　惑　46

死亡的十四行诗　48

民　谣　51

永恒的蜡液　53

关于儿子的诗　55

巴塔哥尼亚即景　61

云　歌　66

晚　山　68

祈　祷　71

山　峦　74

星星谣　76

细　雨　78

伊斯塔西瓦特尔　80

松　林　82

深　秋　85

索尔维格之歌　88

柔情集

摇篮曲　95

发　现　96

我不孤单　97

露　水　98

小羊羔　100

着　迷　101

紧偎着我　102

夜　晚　103

一切安生　104

沉睡　106

小娇儿　109

快快睡吧　112

入　睡　114

苦涩之歌　116

渔女歌　118

死神歌　120

我的歌　122

墨西哥孩童　124

小星星　127

小花蕾　130

摇　篮　132

雏　菊　133

智利的土地　134

一切都是龙达　136

火花的龙达　137

和平的龙达　139

色彩的龙达　141

不要长大　144

担　心　147

失而复得的儿子　149

小女孩的手指　151

彩　虹　153

高　山　155

天　车　157

家　159

小脚丫　162

马厩中　164

平　静　167

再见他面　170

云　朵　172

对星星的许愿　174

爱　抚　176

春夫人　178

撒　种　181

大树礼赞　182

小红帽　186

葡萄压榨机

舞　女　193

修剪巴旦杏　196

好心的女人　197

死掉的木棉　199

清　泉　201

乌拉圭的麦穗　204

修剪玫瑰　206

圣胡安的夜晚　207

丧　装　210

一句话　213

你曾经爱过的歌　215

工人的手　217

黎　明　220

织机主子　221

门　223

附录一　加夫列拉·米斯特拉尔年表　228

附录二　诺贝尔文学奖大系书目　230

绝望集

致罗丹《思想者》

思想者以其粗粝的手掌支起下颌，
回忆起，坟墓中那痛苦的肉体，
那赤裸于宿命中不甘死亡的肉体，
以美的缘故，它曾经颤抖着。

整个春天里，他为爱情而颤抖着，
却在秋天沉浸于哀伤与真理。
"终有一死"的忧愁现于他额际，
现于这棱角分明的铜像，黑夜来了。

他的肌肉因苦恼的剧痛而绽裂，
这肉体的沟壑旋即填满了恐慌，
如秋之枯叶一般濒于碎裂。

他于青铜中求告自己刚强的上苍……
大地上，乔木被日光弯折，狮子肋骨断裂，
亦不能蜷曲如这冥想着死亡的人一样。

坚强的女子

我犹记得，你曾看护着我的成长，
你穿着蓝色衣裙，额头因曝晒而发亮。
在我那孩提时代的丰饶的土地上，
于四月的烈阳中犁开黝黑的田垄。

小酒馆中，他把肮脏的酒杯举过头顶，
却将一个幼子留在你淡紫色的胸脯上。
你曾为这难过的事情无比哀伤，
而你胸前的种子，却懵然宁静。

翌年一月，你被收割了成熟的娇儿，
我看着你，而你却是那样迷人，
这情形不知为何教我泪流不已。

如今，我仍渴望将你脚下的尘土亲吻，
茫茫世间不会再有你这样的女子，
我只能以我的歌来纪念你的耕耘。

无嗣的女子

这一个无法将婴孩摇晃于怀中的女子，
没有小儿的乳臭扑入她的心房；
她的胸膛如空旷的大地般荒凉，
她的灵魂沉浸于无尽的哀愁里。

百合花令她想起总角垂髫的孩子，
晚钟令她为孤身一人祈祷而哀伤；
宝石山中的泉水向着她叮咚作响，
以她的叹息搅动水面平静的沦漪。

她的眼眸，令人想到锄头与稼穑，
想到她更乐于望着一个儿子的双眼，
而绝不忍心看见十月里黄叶的飞落。

那声声的麦浪，总是令她百般不安。
一位怀胎的乞妇也会令她满面羞色，
只因为那别人的乳房如一月般多产！

一个婴孩

——致萨拉·胡伯内尔

我在一片山坡上停下脚步，
循着哭声，走入一间农舍。
一个婴孩自床上欣喜地望着我，
目光如甜酒一般令我着迷投入。

他的母亲仍然在田间劳碌，
这婴孩的哭泣是因为饥饿，
我紧紧地将他抱在自己的心窝，
娓娓唱一支摇篮曲好教他不哭……

月亮自窗户间将我们打量，
那婴孩在歌声中渐渐安眠，
他如喜悦的新光照在我心头上……

那位母亲疲惫地走入房间，
见到了我一脸无比幸福的模样，
便听由这婴孩继续睡在我胸前。

沉默的爱

如果我恨你，"我恨你"，
我便会决绝地这样对你说，
然而我爱你，"我爱你"，
我却不能自信地这样对你说，
因为这话如此模棱两可。

自我幽深的心窝，
你想听见这样一声诉说，
但不待它付诸喉舌，
一股热流便窒息了我。

我是一汪满溢的湖泊，
在你面前却如泉水干涸。
这痛苦的沉默，
较死亡更甚地折磨着我！

致公义者

我主基督的胸脯，
血流如注，
像殷红色的日暮；
为你受难的模样
我将自己的鲜血献上！

我主基督的手指，
鲜血淋漓，
如同眼睛的哭泣；
为你受难的模样
我的手不再继续求乞！

我主基督的双臂，
欣然张起，
将世人拥入怀里；
为你受难的模样
我将紧抓着一切不放！

我主基督的肋间，
如唇翕然，
成为生命的源泉；
为你受难的模样，
我撕开了自己的创伤！

我主基督的双眼，
仰望高天，
并不将肉身察看；
为你受难的模样，
我也将血肉之躯遗忘！

我主基督的身体，
高高挂起，
十架仍竖在那里。
当世人将你解放，
我将为那日高声歌唱！

那日何时可望？
两千年的时光，
我等候在你的脚踵上，
终日流泪哀伤！

怀　念

阿马多·内尔沃，我写下你的姓名，
而棺木已经盖上你的前额，
你的笑意的嘴唇，温和的侧影，
你的诗歌，以及你安宁的心灵，
茫茫白雪如尸衣掩去了你的面容。

你曾语我："我如孤独者一般忧悒，
却竭力以宁静平息自己的战栗，
消弭对尸衣与墓穴的冷漠的隔绝，
以及对基督与上帝的无比渴念的期冀。"

没有任何甜蜜的蜂房足以将你比拟；
众人咬牙切齿，你却言语和气；
你调和世间苦涩，以诗歌将其如风吹去，
对自己的忧愁却从来只字不提。

在你放歌之地，我开始新的一日，
多少夜里你的诗行曾伴我睡卧起居，

以你之故，我不乏坚强的勇气，
以你的亮光，我眼前的黑暗散去。
然而如今，你却一身尘埃，不言不语！

冥冥之间，我不曾见你也无缘再见。
是谁将你的双手拢在胸前？
是谁在你墓前痛声将安魂的经文诵念？
是谁将你带去了上帝身边？

有生之年，我仍将劳碌世间，
亦不知何地何年，才得与你倾心交谈，
或在照看着我的南十字星之上的高天，
或在风之尽头的遥远的天边，
或者因我不够纯净的心灵高不可攀？

当你进入那蓝宝石般美丽的家园，
请将我这愁苦的灰烬与泥淖追念。
请你将真相呼喊于上帝跟前，
告诉他，你曾眼见我们如孤儿一般，
一切痛苦的肉体，都在将死亡企盼！

未 来

荒凉肃杀的严冬，
将侵扰于我心中。
日光将把我烫伤，
歌声将令我脓肿。

稀发失去了弹性，
一副苍老的颜容。
那紫罗兰的芳香，
将使我心惊丧命！

我这母亲的鬓影，
将被尘土所遮蒙，
在我的两膝之下，
不再有金发孩童。

为了不见那坟茔，
避开麦田与苍穹，

一旦想起了逝者，
我便难过得发疯。

心头之人的影踪，
已然是模糊不清，
即便我进入梦境，
也难得与他重逢。

致戴莱萨·普拉特斯·德·萨拉台娅

又是春天，她已不在人间，
抛下我较乞讨者更加可怜。
收获的二月虽然仓廪丰满，
日头却无光，麦穗却灰暗。

她寡于语言，安静又腼腆，
肢体于她仿佛只借以呈现，
但是，她生命鲜活的言谈，
使人一经听见便福至心间。

她那一双饱含智慧的大眼，
如刀剑之刃般将世界察看，
地上一切已不能使他惊奇，
世间所有也已经被她看穿。

她如此疲倦，像是在荒原，
头顶着烈日走过了三千年。

她是汇聚诸水的生命之河，
却因干渴跌倒在死亡边缘。

她是灰烬还是路灯且不管。
我要哭着将她的荣耀赞叹，
痛悔那自己的犹豫和自怜；
担心掉入泥泞而畏缩不前。

她的遗骸芳香如春色满园，
她的容颜如亲见上帝之面。
她若复活将汰洗我的灵魂，
将我无瑕地带去造物身边。

乡村女教师

——致费德里科·德·奥尔尼

圣洁的教师。她曾这样讲：
"当效法耶稣，做温柔的师匠，
洁净自己的双手与眼目，
以圣油膏抹别人，使其得见光亮。"

穷苦的教师。她不与世人一样。
就像那位受难的以色列同行。
虽只有褐色的布裙，不曾佩戴金银，
可是，她的灵魂却光芒万丈！

欢乐的教师。她曾饱受创伤。
她以善良的哭泣化作微笑的模样。
一朵圣洁而美丽的鲜花，
在她破旧的红便鞋上悄然绽放！

她是如此包容！如甘美的宽河流淌，
痛苦暴饮着她，像猛虎一样，

利刃剖开她丰满的胸膛，
在那里留下无尽的爱情的哀伤。

村氓呀，你的儿子聆听她的话语，
吟诵她所教习的赞美与祈祷的诗句；
你却对她花儿般的心灵不屑一顾，
全不见她身上启明的晨曦。

农妇呀，对于她的名字，
你曾经加以何等下流的非议，
对她装作视而不见，却不知，
于你儿子的养育，她有更大的功绩！

她手扶犁杖，耕耘在孩子们心上，
她犁开田垄，将灵魂的种子播扬。
她光明的美德如白雪一样，
为此，你们难道不该将歉意奉上？

直至死神带她上路的那一日，
她还像圣栎树一般守护在园子里。

想到与安息的母亲团聚，
她对死亡并没有什么不满意。

她安息于上帝怀中，如睡在月亮里，
头枕着夜空里闪亮的星体；
天父正为她唱着一支摇篮曲，
宁静如甘霖，降落在她的心底。

她的心灵，如溢出的酒杯一样，
盛满永生之福的玉液琼浆，
她的生年，如天父打开的门窗，
不断地将光明带来这世上。

因为这样，在那长满玫瑰的坟场，
她的遗骸夜夜闪着光芒。
（守墓者这样讲）当你路过她的坟圹，
趾尖都会沾上那泥土的芬芳！

圣栎树

——致教师布里希达·瓦尔克尔小姐

一

这坚强又斯文的女子，她的灵魂，
以沉思故甜蜜，以恋爱故细腻，
花神木攀着她强壮的枝丫吐露花絮，
如一株圣栎树，芳香又迷人。

粗壮的圣栎树啊，她玫瑰色的心，
弥散夜来香一样温柔的香气。
她伟岸的身姿，虽然高大挺直，
枝叶间却荡漾着热情的涟沦。

自她那里，两千只云雀学会了歌唱，
它们乘着风儿越飞越远，
飞入那至高无上的欢乐的天堂。

请让我亲吻你一身瘢痕的树干，
请让我举手——为你上帝造就的身躯，
高尚的圣栎树啊，将祝福敬献！

二

你甘心乐意将自己的怀抱奉献，
把云雀的巢窠负担在身上。
为了得到更加宽敞的荫凉，
你将自己敏感的枝叶尽力舒展。

生命的风轻拂过你的叶片，
甜蜜缱绻，犹如无声的梦幻一样；
如上帝那美妙安详的乐章，
欢动的生灵，撩拨着你的琴弦。

那么多的鸟儿，那么多的欢歌；
那么多的香气，散发自你的怀里，
愉快那么多，爱情那么多，

令你笔直的树干变得圣洁无比，
令你长青的树冠成为美之楷模，
虽然秋天过去，你却依然碧绿！

三

高尚的圣栎树啊，我愿为你歌唱！
愿你不遭受伐木者刀斧的祸殃，
愿你的树干不必将痛苦之类流淌，
愿上帝将他的光亮照在你身上，
愿你的胸怀如他一样仁厚宽广。

遇 见

我在小路上将他遇见。
河水安静依然，
玫瑰也未绽放新的花瓣；
我的心却惊惧不安。
这一个可怜的女人，
我泪流满面！

他轻唱着一支小曲，
显得毫不经意，
直到我出现在他的眼前，
他才将声音放低。
那小路如此离奇，
简直像在梦里。
在宝石般的晨光中，
我泪流不止！

他边唱边走，
我的目光也被他带去……

在他的背影里，
芳草依然萋绿。
这又有什么意义！
我的心空空地挣扎不已！
没有人令我受伤，
我泪眼迷离！

他在当夜睡得安然，
我却不能成眠，
他对我的心事全无感念，
松脂色的胸膛不曾中箭。
或许在睡梦里面，
他会闻到金雀花香甜。
这一个可怜的女人，
我泪水涟涟！

我不害怕孤单，
也不曾因饥渴而哭喊，
但自从将他遇见，
上帝就让我变得郁郁寡欢。
母亲出于诚心一片，

在床上为我将祷辞喃念。
然而，我脸上的泪痕
再也无法擦干！

爱是主宰

它在田野里自由地穿行，
振翅飞翔于无边的清风，
它在日光下欢快地跃动，
紧紧拥抱着每一棵青松。
你可以与一切罪恶抗争，
却不能将它置若耳旁风，
你只能无奈地将它听从！

它的话语如此铿锵有声，
却又温柔如同莺啼燕鸣，
它有春风化雨般的恳请，
它有狂风巨浪般的命令。
你没办法对它举止不恭，
也没办法对它满面愁容，
你只能服帖地将它跟从！

它主宰着每个人的生命，
任何借口不能将它打动。

它能打碎花一样的酒瓶，
也能破开汪洋里的寒冰。
不能回绝它投宿的要求，
更加不能斗胆与它争竞，
你只能卑微地将它尊重！

它如智者般逞口舌之强，
它如女人般温顺又善良，
巧妙地扳倒别人的立场，
这能力是它的一向所长。
别指望科学能帮得上忙，
神学在它面前也不灵光，
你只能虔诚地将它信仰！

让它以麻布将你眼蒙上，
让它支使着你横冲直撞。
让它将你牢牢抱在胸膛，
再也无法挣开它的捆绑。
你盲目跟着它走得匆忙，
明明知道，要去的地方，
是地狱，而不是那天堂！

痴　情

上天，
请你关闭我的双眼，
请你封住我的嘴唇，
请你剥夺我的时间，
请你废止我的语言。

我和他彼此注视着，
长时间地陷入沉默。
目光呆滞失魂落魄，
面无血色惊慌失措。
这多么痛苦的时刻，
一切话语成了假的，

他的声音在颤抖着，
我的话也绊绊磕磕，
将哀伤与愁苦诉说，
乱慵慵地彼此附和。
我们俩命运的相接，
好比血与泪的融合。

自从经历这样一刻，
一切话语成了假的！
泪水流过我的颊窝，
将所有的脂粉淹没。

耳朵再听不到声响，
口舌也不能把话讲。
红玫瑰茫茫然开放，
白雪花冷清清下降，
了无生机的大地上，
一切失去本真模样。

上天，就算是饥荒，
我都不曾求你帮忙，
请你平息我的心脏，
请将我的双眼阖上！
请为我将风儿阻拦，
莫让他的声音吹远，
请为我将日头遮掩，
莫让他的形象消散。

我已上路，接纳我吧，
我的心中豪情万丈，
如大地汇聚起汪洋。

难　眠

昔日的乞女一朝成了王后，
唯恐遭到抛弃，心头惊慌颤抖，
我一脸苍白地不停问你：
"你怜惜我吗？不要将我抛弃！"

知道你回到我的身边，
我便如往常般言笑晏晏，
只是在梦中，仍是惴惴难安，
又在问："难道你真的不再离我远去？"

心 声

不要将我的手握得这样紧，
那静默的时候终究要来临，
将黑暗投在交叉的手指上，
令手掌和手掌蒙上了灰尘。

届时，你要说：
"我对她的情意已经消失，
将她的手指触摸，
感觉如脱去了籽粒的谷壳。"

也不要再给予我你的亲吻，
那黯然的时候终究要来临，
在那样一片潮湿的泥土中，
我将不再有迎合你的双唇。

届时，你要说：
"我于她的爱情已经凋落，
亲吻着她的感觉，
不再像一朵芬芳的金雀花。"

你说的一切令我沮丧不安，
你却信口开河地讲个没完，
讲什么当我的手指已折断，
也要将它安放在你的额前，
讲什么我的喘息带着渴念，
永远停落于你的脸颊上面。

不要因此而对我极尽缠绵，
当我说给予你全部的爱恋，
以我向你打开的两只臂弯，
以我的嘴唇以及我的颈肩，
彼时，其实我正将你欺骗，
而你却自以为将一切吻遍，
如孩童一般被哄得团团转。

因为，我的爱不在于身体，
它已干枯衰败如一束禾秸——
一经碰触到那伤神的圣物，
便要被惊飞的灵魂所遗弃。

我的爱在于吻，不在于唇；
我的爱并不囿于胸臆之门：
它冲破咽喉，穿越了肉身，
如风一般飘荡在圣洁之天！

陶　罐

梦里，我看见一只粗糙的陶罐，
将你的骨灰收敛；
陶罐的内壁好像是我的脸，
挨着你的灵魂，极尽缱绻。

我不愿你的骨灰装在金杯银盏，
不愿它盛在古代的雕饰的宝罐，
我只愿它被殓入一只陶罐，
简朴如我裙裾的褶子一般。

我感念着走到午后的河边，
挖取陶土，制作这样一个陶罐。
背着禾捆的农妇不知道，
我是在将丈夫的卧榻捏�抟。

我将一抔陶土捧在掌间，
它如眼泪从指缝中流去不见。
我把人世绝无的亲吻印上陶罐，
以深爱的目光为你将尸衣裹穿。

天　意

若你将我的灵魂背叛，
大地母亲将向你变脸。
河水将成为她的冷汗，
因你而变得悲凉凄惨。
自你我结下了这姻缘，
世界有了迷人的转变。
倚在一棵多刺的树边，
我们倾慕着相顾无言。
爱情，如这树的棘刺，
以其香气将我们贯穿。

若你将我的灵魂背叛，
大地会叫你毒蛇缠身。
就算是我把双膝跪烂，
也要诅咒你子绝孙断。
主的荣光熄灭我心间，

我也将性情改变——在我的门前，

乞讨之手要被我打断，

困苦的妇人要被驱赶。

二

你若对别人亲吻缠绵，

我的耳朵会一一听见，

因为，那幽深的岩穴

将你言行送抵我面前。

道路上扬起的尘土间，

会留下你足掌的气息，

我会嗅着它像小鹿般

追着你走过绵绵高山……

云朵会泄露你的新欢

将她刻画在我的房檐。

你亲吻她，如贼一般，

自以为躲进她心里面。

而当你捧起了她的脸，

你会看到我泪水涟涟。

三

若你不跟我走在一起，
你的日光便要被夺去；
若水中没有我的影子，
你的干渴便无法止息；
若不是头枕我的发髻，
你便永不能安然睡去。

四

即便走在莓苔小路上，
你也会将我灵魂踏伤，
无论你在平原或高冈，
都会被饥渴撕咬啃亡。
你所在哪一国的晚阳，
都如我伤口之血流淌。
你虽将别的女人呼唤，
这声音却被我所听见。
我会像咸涩的苦水般，
呛入你的咽喉和腹间。

你渴求、欢歌或哀怨，
只能为我一人而感念！

五

如果你客死在了他乡，
也要于地下十载彷徨。
你要掬起如瓠的手掌，
直等到我的泪水流光。
那肉身之苦疼痛难当，
你要以感同身受补偿，
直等到我变成了尘土
掩埋在你的脸面之上！

空　等

我似乎忘记
你已不再有飞快的步履，
光景美好的日子
又到小路上等着你。

走过河流、原野和低地，
歌声悲悲戚戚。
傍晚绚烂的天光里，
却等不到你的消息。

夕阳火红美丽，
罂粟花儿零落成泥；
薄雾瑟瑟的原野里，
我孤单单地无朋无匹！

萧萧秋风吹起，
摇晃幼树苍白的手臂，
我担心地呼唤你，
　"爱人呀，你在哪里？"

"我又是爱你又是惊惧，
爱人啊，快些来我这里！"
渐渐黑暗的夜色里，
我的爱意越来越浓密。

我似乎忘记
你已听不见我的呼吁，
我似乎忘记
你已容颜黯淡，沉默了声息。

我似乎忘记
你手指冰凉已无从将我寻觅；
我似乎忘记
上帝的审判已使你双眼紧闭！

黑夜的帐幕里，
鸮鸟的叫声绝不是欢喜，
它扑棱着丝质的羽翼，
令小路充满了恐惧。

我不再呼唤你，
你已不在那一片田地；
我赤着脚找你，
你已不在这条小路里——

荒凉的小路里，
我徒然地将你苦苦寻觅。
可你的灵魂
不再回到我空空的怀里！

羞　愧

因你的注视，我将变得美丽，
就像凝在草尖上的露滴，
走在溪水边，带着洋洋喜气，
芦荻也认不出我的样子。

我唇齿不正，歌声不美，
膝头粗糙，自己都感到不配。
而你却中意我，靠近我，
我为自己的身体感觉到羞愧。

你会觉得，在清晨的道路边，
没有一块石头比她灰暗，
而仅仅以这一位女子的歌声，
你便给她了自己的喜欢。

为免得路人窥见这心事，
我要假装沉默，不发出声息，
只任凭这幸福闪耀在我额际，
跳动在我粗糙的手心里……

暮色苍茫，草尖上凝着露滴，
你将我久久注视，倾心吐意，
在这溪水边，等到明日，
被吻的女子将美丽无比！

小　曲

他与别的女子同行，
我看见了那背影。
依然吹过那温柔的风，
小路也依然静谧安宁。
而我这不幸的眼睛，
却看见了那背影！

他爱上另一位姑娘，
花儿在那里吐露芳香。
一支曲子在回荡，
我只有棘刺开放。
他爱上另一位姑娘，
花儿在那里吐露芳香。

他亲吻另一位姑娘，
在那海岸之上。
月亮因此枯黄，
跌进滚滚海浪。

我却不能以自己的血
染红那片空旷的海洋。

他将与别的女子厮守，
永远不再回头。
天空还会有晴朗的气候。
（上帝还会默默将人世保佑。）
可是，他却要与别的女子厮守，
永远不再回头。

苦 惑

这一刻如海水一般苦，
主啊，请你做我的支柱。
黑暗蒙蔽了我的道路，
我发出忐忑不安的惊呼！
爱情曾经如火花一束，
于水中点燃，当风飞舞。
它烧灼着我的唇舌，
又将我的灵感荼毒，
令我的光阴蒸发如烟雾。

你曾亲见我躺卧在路边，
我的额头有多么安然。
你也曾将这些亲眼看见，
它如何失去了那容颜。
你知道，面对一切虚幻，
我曾害怕得紧闭双眼，
你也知道，难言的奇迹
将会何等奇妙地实现！

如今，循着依稀的足迹，
我孤苦无依地寻求你：
请不要掩面不将我顾恤，
请不要把这灯火吹熄，
请不要将你的帐幕阖起，
请不要收起你的话语！
在这困苦的冬雪的夜里，
四处都是撒旦的影子。

主啊！在年少的路上，
我见过的眉目难以数量，
独有你的双眼向我观望。
而且，它们如此圣洁……

死亡的十四行诗

一

世人将你放入冰冷的灵龛，
我却要将你搬回古朴明亮的大地，
我也要在这里悄然安息，
我们将在合一的梦中进入长眠。

我要将你安放在晴朗的大地，
如母亲看顾着熟睡的孩子，
大地将我痛苦的婴孩抱在怀里，
她们作你温柔又舒适的摇篮。

然后，我要撒下玫瑰和土块，
在月下凄迷的蓝色雾气中，
将你失去重量的身体囚禁掩埋。

如此巧妙的复仇使我尽兴，
她们不会下到这幽冥的坟圹中来
同我争夺你的尸骸。

二

当有一天，生年之苦沉重不堪，
我的灵魂会将告知身体，
玫瑰色的路上，行人虽各有生趣，
它却已厌倦了负重向前……

将有人挖动你的墓畔，
一个进入安息的女人会前来伴你，
俟他们将我埋入地底，
我们便可以没完没了地长谈。

届时，你将明白
你的身体为何要受困于这坟冢，
虽然它未及成年，也不曾倦怠。

死神的殿堂里也该有光明，
有星宿为你我的姻缘仲裁，
谁背叛了婚约就该赔上性命……

三

那天，恶魔之手将你的命运扭转，
以星宿之意，你从百合花园离去，
当它残忍地探进花丛里，
你恰当年少的生命之花欢乐正酣。

我呼唤上帝："他被人向死路上牵。
他们会使那可爱的灵魂迷失！
主啊，求你教他从那魔掌中逃离，
或是，让他沉睡于你永恒的梦眠里！"

"我无法将他唤醒，无法随他离开！
他的船儿沉没于黑暗的暴风中。
请让他横死，或是回到我怀抱中来。"

那船儿已经没顶，尽管他年纪轻轻……
这要怪我绝情，还是说，我不懂爱？
施行审判的主啊，你看得最为公正！

民　谣

这酷烈的眼泪的味道
将我嘴巴中的一切浸泡，
无论茶饭、诗句
还是我的祷告。

自我默然地爱上你，
我的职责便是哭泣。
这职责如此煎熬，
令我别无选择的余地。

我将双目紧闭，
却止不住自己的泪滴，
我无时不在祈祷，
痛苦的双唇颤抖不已！

这让我忍受不了，
我为自己的软弱害臊！
我想不见你，忘记你，
却又无法办到！

天空又蓝又高，
你的双眼已无法看到；
玫瑰多红多好，
你的肉身已化作养料；
这痛苦无边无底，
将我的心肠抓攫撕咬！

我卑微的受辱的身体，
已经失去所有力气，
飘摇不定，颤抖不已，
再不能伴你安息，
你如生命不洁的花苞，
我不能再挨近你！

永恒的蜡液

啊！你永远都不会为亲吻羞惭，
肉欲流淌在你的嘴唇边，
有如黏稠的熔岩。

我曾将一双无辜的嘴唇期盼，
它绽放成为两片花瓣，
像新蜜一样甜软。

啊！你永远都不会了解那境地，
你的双臂为我降下黑色的恐惧：
它曾拥抱着另一双手臂！……

啊！为教一切归于安息，
上帝已经使它们在泥土里
变得洁净、安稳又老实！

啊！你的眼眸因好色而血红，
如今，完全盲掉的瞳仁中
再也映不出别人的面容！

这死神的蜡液何其神圣，
如此永恒，如此冰冷，
不可抵抗又这般坚硬！

这圣洁的蜡液何其公正，
令你两手不动，双目合拢，
将你的双唇牢牢印封！

啊！这神圣又坚定的蜡液，
已将苟且之吻的欲火熄灭，
你们将不再被损耗、烧灼和熔解！

关于儿子的诗

——致阿尔方希娜·斯托尔尼

一

儿子，儿子，儿子！
情火燃烧时，我想要个属于我们的儿子，
连我骨头都无时不在与你悄悄商议，
我的额头也因此而日益更见神气。

像动情的花树将苞蕾伸向蔚蓝的天际，
我一直在祈求：给我一个儿子！
一个儿子，两眼如圣婴般大睁，
额头动人无比，双唇充满着希冀。

他将手臂围绕在我颈上，如同一只花环，
我甘美的生命之泉流入他嘴间，
芬芳的花儿也盛放在我的心田，
它那馨香之气，飘送远近的群山之巅。

带着爱意，我们遇见一位怀胎的妇女，
双唇颤抖、两眼望穿地对她凝眸不已，

想要一个眼神温暖的儿子的心事，
将其他的一切所见从我们眼中挪去！

夜里，幸福和盼望使我无法睡去，
情欲并没有临到我的床笫。
为迎接我的儿子在歌声中降世，
我敞开胸臆，张开双臂……

为给他沐浴，我嫌这阳光太过冷淡，
为将他抱着，我恨自己的膝头粗糙多瘢，
我恍恍惚惚，神情怅然，
愧疚的泪水因此挂上我的腮边！

肮脏的杀生的死神并不使我惊慌，
他的注视给空虚者的眼目以解放，
晨光明媚的早上，或月色迷蒙的晚上，
我都不怕走向他的目光……

二

如今，我年已三十，
死神的灰烬过早现于我的鬓际，
我的时日里，痛苦如永恒的地极之雨，
和着迟钝、冷涩的泪滴，淅淅沥沥。

松枝的火焰安然腾起，
看着自己的肚皮，我想象着儿子的样子，
他虽像个王子，口舌却如我一样疲敝，
发出战败者的叹息，内心痛苦不已。

然而，他却生有像你一样狠毒的心肝，
他的嘴唇如你一样无情又善变。
他将有四十个月不曾睡在我的怀间，
将我背叛，只因为，他有你的血缘。

春日，他将在何处的花丛中、溪水里，
将这血脉清洗——我心痛不已，
无论身在乐土还是旷野都过得惨惨戚戚，
所有未知的黄昏都从那里对我喋喋低语。

终有一日，如我曾对自己的父亲质疑，
他怀怨发烫的嘴会吐出可怕的话语：
"你卑微的肉体为何充满力气？
母亲的乳房，又为何盛满香甜的乳汁？"

你在黄泉下泥土的床榻上安眠，
这对我而言，是何等痛苦的快感，
为跟你一样安逸无愧地躲在野莓下偷闲，
我也绝不伸手晃动儿子的摇篮。

但我不会就此阖起双眼，
我要在地下聆听，等他走过我身边，
若他神情里有对我的企盼，我将开口睁眼，
支起残破的膝盖站起在他面前。

恶人把我可怜的肉体损害伤残，
我的血液将永远把自己的儿子压碾，
压迫他迷人的额头，
压迫他目光动人的双眼。

我要让天伦之乐葬送在自己的胸膛！
让我的种族夭折在自己的腹腔！
自此，世间将不再有为人母者的面庞，
不再有她念着《诗篇》的声音在风里飘荡！

即使森林在灰烬中百倍于前地生长，
即使树木在刀斧下一百次长成栋梁，
我却将倒下去，绝不在收割时站起，
我将与我的族裔一起下到那冥世苍茫。

任痛苦将我的胸膛刺开如蜂房一样，
以此，我将对自己种族的欠账清偿。
挨过每一点滴的时光，
我痛苦的血液都如大河一样奔向海洋。

我可怜的列祖忧心如焚，眼见日落西荒，
他们对我已失去香火的指望。
我的嘴唇已将火热的祈祷厌弃，不再声张，
尽管此前它曾将它们如颂歌吟唱。

我不曾将颗粒播降以充实我的谷仓，
也不曾以爱情将老有所依的膀臂生养，
前时折断的脖颈令我无法站立，
我的双手无法将薄薄的床帏裁量。

我只有将别人的孩子照看，
只有以属灵的麦粒将自己的谷仓填满，
主啊，天上的父，若我死在今晚，
我只愿，自己能够俯伏在你面前！

巴塔哥尼亚即景

——致堂胡安·贡达尔迪

一、荒凉

我忘了身在何地，亘古至今的迷雾里，
大海将它腥咸无比的波浪送至我脚底。
我所抵达的这一片土地，没有春日：
它漫长的黑夜如母亲一样将我藏起。

大风环绕我的屋子哀号悲泣，
将我的呼喊打烂，如破碎的玻璃。
我看见，在苍茫无际的荒野里，
广漠的黄昏忍着剧痛一点点地逝去。

在这里，有谁可以呼喊，
既然只有那冥世较此处更远？
只有这一个静悄悄、硬挺挺的海洋，
绵延在旅人们可爱的手臂前！

码头里泊着来自异土他乡的船只，
其帆樯的银光闪烁不已；
眼眸明亮的海客对我们的河一无所知，
其所舶来的果子远逊于我们园中所出。

看着他们，我有个怅然、费解的问题，
为何，他们所操的古怪的言语，
听来远不如我们的老妈妈在金子地里
唱歌时所用的那一种动听有趣？

如撒在墓中的泥土，大雪从天而降，
如逝者一点点死去，浓雾弥漫增长，
既然漫长的黑夜刚刚降落在这世上，
为了不陷入癫狂，我只有忘记辰光。

这美丽的荒原只给人以哀伤，
来人便是为将这死一般的风景观赏。
雪是它探至我窗前的脸庞：
它无比的洁白，只合乎来自天上！

它安详如上帝的目光落在我身上，
它柠檬的花絮将我的屋宇掩藏，
它如永远不曾偏离的命运一样，
要将我埋葬，使我恐慌却又向往。

二、枯树

一棵枯树
在旷野中大喊着它的咒诅。
这一棵崩折的苍白的树，
遍身带着伤处，
大风在它的残躯上狂呼，
吹过我身后的凄楚。

那棵被焚的树仍在林中，
只剩下嘲讽，和它的幽灵。
烈焰曾烧至它肋下，
舔舐它，如爱情之于我的心灵。
苔藓红紫如我泣血的诗行，
自它的创口滋生。

时至九月，

它所珍爱的一切零落，

如花环将它围着。

为找到它们，

它的根备受折磨，

带着人世的苦恼在荒草中摸索。

旷野上，一个个浑圆的月亮，

令枯树泛着死亡的银光，

丈量出它们的孤单与哀伤，

它们因此逃避，躲藏。

于是，它便将这伎俩施诸行人

并它那苦涩的幻想！

三、三棵树

三棵树被放倒在小路边。

伐木者却已走远，

如三个瞎汉，

它们开始彼此交谈。

通红的夕阳之血
涂抹在它们被劈开的枝腋，
它们肋部伤口的香气，
在清风里消没。

有一棵曲曲折折，
将巨大的肩膀、颤抖的枝叶，
触摸着另外一棵，
两个伤口如双眼般企盼着。

伐木者已经走远，这夜晚
我愿留在它们身边，
将它们温柔的树脂收在心间。
让它们对我燃起熊熊的火焰。
翌日白天，路人将发现
我们已笼罩于无声的、痛苦的浓烟。

云　歌

轻飘的云朵啊，
柔软的丝团，
请你将我的心灵
带入蔚蓝的高天。

带我离开这家园，
不要教它看我受难，
带我走出这墙垣，
不要教它看我下到阴间。

飘浮的云朵啊，
请你将我带至海洋，
海潮上涨，
让我聆听那巨响，
浪花之上，
让我放声歌唱。

云朵、花朵与面庞，
将那被多变的时光
冲淡的容颜，
重新刻画在我心上。
不见他的模样，
我的灵魂也将朽腐。

浮游的云朵啊，
请你让新的恩典
驻在我心间。
我的嘴唇已张开，
满怀企盼！

晚　山

我们生起火在这山上。
伐木者，夜幕在垂降，
它不会燃向天空，或燎到群星的发缕。
三十个火堆闪着焰光。

黄昏，有破碎的血杯的模样，
如一幕诡异的意象。
若非环坐在火堆旁，
我们就要陷入恐慌。

水瀑的轰响，
如年幼的马匹不停地跑过山冈，
另一声巨响
来自我们惊吓的胸膛。

松林，据说，
将对于黑色的喜爱给予晚上，
将那秘密的记号给予一位陌生的姑娘，
因此，人们才得以出没山上。

黑暗里，白雪像一尊珐琅，
有着匕斜的阿拉伯式图样，
置之黑夜里空旷的墓地上，
如同一幅白骨支拄的紫色绣像。

积雪暗中崩落，猝不及防，
向深不可测的山谷冲降，
吸血鬼扑打皱巴巴的翅膀，
掠过睡梦中牧人的面庞。

还有人讲，在那前面的山梁，
猛兽横行于它坚硬的头盔上，
山谷不曾将它们的魅影掖藏，
山峰如擢发一般将它们释放。

由左近山峰而来的冰冷，
一点点地折服我的心灵。
我在想："究竟，死者，
为何抛却脏脏的城市环境，
选择这蓝色的深谷作坟茔？
既然这里不会有任何黎明，

且随着夜色变得更其浓重，
松香如潮水般弥漫于山顶。"

伐木者啊，为了抵御这寒冷与凄凉，
请将折断的松枝与过江藤添在火上，
将坚硬的、带香味的木柴添在火上，
让我们把圈子缩小，环坐在火堆旁！

祈祷

上帝啊，求你察看我的心地，
我曾为陌生人火热地求祈，
如今却要为爱人求告于你，
他是我杯中的琼浆，口中的甘蜜。

他是我骨中的髓质，命中的美意，
我裙衫的衣带，耳边的爱语。
为漠不相干者我也愿竭心尽力，
况且是他，因此求你不要生气!

我要对你说，他是如此善良，
心灵如美丽的花朵一样，
他的性情，温柔如明媚的阳光，
又像奇迹遍地的春天一样。

你威严地否定，说他一无所长，
他的嘴唇发烫却从不将祷辞说讲，
某日午后，虽然你不准许这样，
就将鬓角打破，像把酒杯摔在地上。

不过，上帝啊，求你为我见证，
我要如摩挲你额头的玉簪花一样，
以春蚕吐丝的柔情，
安抚他柔软又痛楚的心灵！

我爱他，上帝啊，原谅他的暴行，
他知道自己的心已朽坏无形，
或许，他也将使我的心花干枯凋零，
我全然不顾，你知道，我已对他动情！

你知道，爱是何等痛苦的试炼，
他是我永不枯竭的泪水的源泉，
爱之亲吻，令苦行者的衣结更其鲜艳，
它便如此迷惑了我的双眼。

爱如清凉的凿子和铁钻，
将恋人刺穿，像剥开成熟的庄稼一般。
人们背负十架（犹太人的王啊，你最知道），
却像高举玫瑰一般，心足意满。

上帝啊，这样的一整个夜晚，
我在这里，俯伏在地，与你交谈，
直到你将合意的话语向我指点。
不然，我一生余下的夜晚都要将你纠缠。

我将以恸哭和求告聒噪于你耳边，
我将不断舔舐你的衣襟如丧家之犬，
你怜悯的眼目将避不开我的视线，
我泉涌的泪水将使你的双脚无干地可站。

原谅他吧，你一定会将他原谅！
你的话语将如百合在风中飘香，
如神奇瑰丽的色彩在水上荡漾，
如鲜花在广漠绽放，如卵石发出亮光。

牲畜走兽都会为之泛起泪光，
就连那你以顽石堆垒的山冈，
热泪都要盈满它冰封雪盖的眼眶
——大地知道，你已将他原谅！

山 峦

日暮的霞光，
如血泼洒在山冈。

凄惨的时刻，
迎着天色，
一个女人将她悒郁的心，
悲痛地失落。

流血的心脏，
染红傍晚的山冈。

阴影里，
山谷安详静谧。
自下仰视，
山峦如红火燃起。

我为此歌唱，
歌声始终痛苦如一。

难道，是我的血液，
将此山峦洗涤？

摸着自己的心脏，
我觉得鲜血从那里流淌。

星星谣

"星星呀，我多么难过。
你可曾见过？
谁的心像我这样，
请你告诉我。"
"有人比你难过。"

"星星呀，我多么寂寞。
你可曾见过？
谁的心如我这般，
请你对我说。"
"有人比你寂寞。"

"星星呀星星，我哭了。
你可曾见过？
还有谁泪眼婆娑，
请你对我说。"
"有人的眼泪更苦涩。"

"若你曾见过，
谁比我更难过，更寂寞，
请你告诉我。"
"那人就是我，
连我的光，
都被泪水湮没。"

细　雨

如先天的残疾，
这阴森的忧郁的雨滴，
未及坠地，
便已瘫痪不起。

树静风止，
万籁俱寂，
而这痛苦的涕泣，
却从未停息。

天空洞开，向着大地，
如一颗硕大的难过的心。
那不是雨滴，
是它的鲜血淋漓。

人们避入檐底，
难以察觉其忧悒，
这痛苦的雨滴，
降落自天际。

这驯从的雨滴，
降落得如此迟缓、疲敝，
将仰面躺卧的大地，
折磨不已。

这雨滴……
如狼子将晚山觊觎。
这黑夜，这大地，
是凶是吉？

当这死绝了的雨滴，
在外面下起，
死神的姐妹啊，
你们岂能按捺着睡去？

伊斯塔西瓦特尔

她使我的清晨流淌如小河一般，
她将我孤零零的小屋照看，
在她脚前，命运都要发出惊叹，
在她光中，我痴痴地将她礼赞。

纯洁的少女，美妙的天仙，
墨西哥的雪山，我将爱情向她敬献，
清晨升上了她的双肩，
如优雅的玫瑰一般片片开绽。

她将曼妙的腰身舒展，
风景因她而美满，苍穹因她而甘甜，
她的脊背流出了蜜汁潺湲，
山谷因她而变得温柔和缓。

她在醋醉的天空中伸欠，
带着睡意淡淡，如此闲适悠然。
她那嵯峨砥砺的山尖，
接摩着至高的碧天，那是她的侣伴。

云朵腾起自她的背肩，
蹁跹似美丽的梦幻，
如处子与白鸽
心地纯洁又满怀着爱念。

但至于你，我狰狞阴沉的安第斯山，
你活像可怕的胡迪特一般，
你使我的灵魂生出尖利的爪牙，
你让我的鲜血无从裹缠。

我要带着你和你的婴孩走远，
将它揣在我碎裂的心里面，
在你痛苦的怀里成长至今，
我的生命已同你的血肉混作一团。

松　林

松林阴沉又宽长，
大风将其吹荡，
如一支摇篮曲
将我的心思摇晃。

松树肃穆又安详，
如陷入冥想，
将我的痛苦与回忆
一起送进梦乡。

啊，冥想的松树，
请以你如人的思想的自由
将回忆，这苍白的凶手，
在梦中送走。

大风吹过，
松树随之狂舞。
睡去吧，你这记忆！
梦眠吧，你这痛苦！

像一件灰色的衣装
山冈将松林披在身上，
恰如邃暗的爱情，
在命途上动荡。

一切都已丧失，
一切不曾得偿，
正如灵魂被爱情的贪婪，
吞蚀得空空荡荡！

那玫瑰色的，
山冈的土地；
多可惜，
被松林涂得黑漆漆。

灵魂也如是，
像那玫瑰色的山地；
多可惜，
爱情却为它穿上缁衣。
大风已经吹去，
松林之歌已停息，

它在静默里，
如人将灵魂察视。

冥想于灭寂，
松林广袤又阴郁，
如这世界，
深陷于苦海里。

松林啊，我觉得恐慌，
怕与你一同冥想，
怕思将起来，
我还活在这世上。

松林啊，莫要这般安详，
请将我带进梦乡；
莫要这般安详，
就像是你正陷入冥想。

深　秋

我将一身疲倦，
交托给零落的白杨，
我躺卧在树下，
任时光悄然地流淌，
翩然、圣洁的黄叶，
掩埋我的胸膛。

缓落的夕阳，
在树的背后隐藏。
以我心的乞求，
它未见鲜血流淌。
为救自己，
我向爱人伸出手掌，
他正奄奄于我心上，
如将息的霞光。

曾经，我只有，
一把沧桑的温柔，

在我身上，
如婴孩般颤抖。

如今，它要溜走，
如水分从树中渗漏；
已是深秋，为救它，
我不能摇动双手。

我的鬓角上，
有黄叶温柔的芳香。
也许，死亡，
只是出于惊慌，
在落叶声中，
避开这迷人的地方。

尽管夜幕即将垂降，
大地结起严霜，
我仍独自躺在地上，
不想回去，
也没有以落叶铺床，
这孤苦令我悲泣，

连一声"上帝，阿门"，
都不想去讲。

索尔维格之歌

一

这大地如嘴唇般甜蜜，
一如当初我亲吻着你，
我等待着永恒的爱情，
大地上，道路阻且歧……

时日不停不歇地流去，
命运不住不留地换移。
我等待着往过的爱情
大地上，道路阻且歧……

受戕害的心不曾死去，
你养活它如酒的香气。
我凝目观望着那天际，
大地上，道路阻且歧……

见证欢乐往昔的上帝，
曾见我在你怀里偎依，

若我死去，若他问起，
我该告诉他你在哪里？

掘墓声已在山谷响起，
已耗尽我最后的力气。
我等待着过往的爱情，
大地上，道路阻且歧……

二

松树啊，松树啊，
为山坡遮起荫翳；
我所爱恋的男子
栖迟在谁的怀里？

泉水淙淙的小溪，
羔羊将清凉饮取。
曾酣饮我唇的人，
谁的嘴吻上了你？
风吹过密密枞枝，
将它们结作连理，

它自我胸前吹去，
却如婴孩般啼泣。

等待在我的门里，
三十载已经过去。
多少回大雪盖地，
将小路抹去踪迹！

三

浓密的乌云将天空遮蔽，
松林在人世的风中怨艾；
密布的彤云掩盖了大地，
培尔·金特将怎么回去？

暮色笼上了平原的大地，
丝毫不曾将那游子顾恤。
暮色已将我的双眼蒙起，
培尔·金特要怎么回去？

静静的落雪如棉絮坠地，

厚厚的雪地如麻线无绪；
牧羊人的营火已经灭了，
培尔·金特可怎么回去？

柔情集

摇篮曲

圣洁的大海，
将它浩瀚的波浪轻摇。
聆听带着爱意的海声，
我将自己的宝贝轻摇。

漂泊的夜风，
将它滚滚的麦田轻摇。
聆听带着爱意的风声，
我将自己的宝贝轻摇。

静默的上帝，
将一切的众生轻摇。
夜里我摸着他的手臂，
将这得来的孩子轻摇。

发　现

我走在一片田地上，
找到了这个小孩子；
在那庄稼的嫩枝旁，
我发现他睡得正香。

也许那时候正赶上，
果园子采摘的季节；
我在葡萄叶间打量，
发现这孩子的面庞。

或者正因为是这样，
我怕自己进入梦乡；
怕他会像霜霰一样，
融化在那葡萄枝上。

我不孤单

从山巅到海边
夜晚多么孤单。
然而，轻摇着你的我，
心里从不孤单！

斜月沉入海面，
天空多么孤单。
然而，怀揣着你的我，
心里从不孤单！

人人劳苦愁烦，
世界多么孤单。
然而，拥抱着你的我，
心里从不孤单。

露　水

这一朵玫瑰，
擎着晨露；
我的胸脯，
将我的娇儿庇护。

玫瑰收起花簇，
将晨露裹住；
好使那风儿，
不将它吹落尘土。

这一颗晨露，
来自无边的夜幕；
玫瑰将芳香凝住，
好使他不哭。

她如此幸福，
难以言诉：
一切玫瑰，
不及她美丽有福。

这一朵玫瑰，
擎着晨露：
我的胸脯，
将我的娇儿庇护。

小羊羔

我小小的羊羔，
多温柔多美妙，
你安乐的居所，
便在我的怀抱。

你洁白的脸蛋，
像那月亮一般，
我愿忘掉所有，
只做你的摇篮

我将自己忘掉，
也将世界忘掉，
只有一双乳房，
想着将你喂饱。

我儿，因为你，
一切节日停止。
我心只想着你
单单将我偎依。

着 迷

这娃娃像风一般美丽，
如此令人着迷；
虽然我不曾感觉到
他却在梦里将我的奶水吮吸。

我的娃娃，胜过缭绕的小溪，
胜过青草的山地，
就连他睁眼打量的世界，
也不及他这般美丽。

我的娃娃，他如此有福气，
胜过天空与大地，
我的胸脯作他的裘皮，
我的歌声作他的卧具……

他娇小的身躯，
如同麦子一粒；
他较梦更轻，无人察识，
只与我在一起。

紧偎着我

我的孩子，我为你
将羊毛在心头编织，
不必担心寒冷，
请紧偎着我憩息！

睡在苜蓿丛里的石鸡，
因犬声惊颤不已；
我的喘息不会打扰你，
请紧偎着我憩息！

小草为生活所惊惧，
叶子抖动不止，
莫要自我胸前松手，
请紧偎着我憩息！

我的一切失落无余，
一经入睡便战栗；
莫要自我怀里溜走，
请紧偎着我憩息！

夜　晚

因你要入睡，我的小儿郎，
太阳已经西落。
没有什么，比露水更加明亮，
洁白胜过我的脸庞。

因你要入睡，我的小儿郎，
大路上不再有人声喧响。
没有什么，除了河流的幽咽，
除了我伴在你身旁。

夜雾笼罩在平原之上，
暮色消去天穹蓝色的喘息。
宁静如巨大的手掌，
将人间的一切遮藏。

我以歌声，我的小儿郎，
将你轻轻地摇晃；
不只是这样，因这晃动，
大地也进入了梦乡。

一切安生

睡吧，我的小孩童，
含笑睡在梦中，
守护你的星宿，
将摇你至天明。

快活的小孩童，
你啜饮着光明，
有我在你身边，
一切便告安生。

睡吧，我的小孩童，
含笑睡在梦中，
爱着你的大地，
将摇你至天明。

你且看那玫瑰，
亮灼灼红彤彤。
且拥抱这世界，
如拥在我怀中。

睡吧，我的小孩童，

含笑睡在梦中，

林荫里的上帝，

将摇你至天明。

沉 睡

——致阿黛拉·富莫索·德·奥伯雷贡

莫将这娃娃叫醒，
他正睡得香甜。
他在我的心间，
睡得如此疲倦。

我要将他唤醒，
他却睡梦正酣，
惺忪睁开双眼，
忽又进入梦田。

额头如此安宁，
脸颊这般平静，
脚丫像一双蚌蛤，
胸脯如鱼儿打挺。

他正梦见晨露，
两鬓汗水涔涔；

他正听见天籁，
浑身乐得发紧。

他轻弱地喘气，
如缓缓的小溪；
睫毛微微抖动，
如藤叶被吹起。

莫惊动这娃娃，
他正睡得香甜，
且让他睡吧，
一切如他所愿……

屋宇和门户，
库柏勒神母，
大地与慈母，
都作他梦的守护。

疏于睡眠已久，
我该向你讨教，

世事多少不公，
乃由清醒成就。

我们都睡吧，
各自进入梦境，
就如你一样，
睡至天色大亮……

小娇儿

这夜晚多坏，
它将我欺害，
是非皆无涉
小娇儿睡了。

喘息听得见，
时长也时短，
如夜之蚌蛤
小娇儿睡了。

羽翼飞动过，
呼哨尖响着，
星光亮闪闪，
小娇儿睡了。

美哉已入梦
梦里身更轻。
睡吧小娇儿
时方过三更。

石墙一幢幢，
梁檩一桩桩，
俚曲伴娇儿，
粗布裹身上。

风声一何吵，
群星一何闹，
鸮鸟呜呜叫，
河水真暴躁。

黑夜如此长，
娇儿如此小，
见证如此少，
征兆如此少。

黑夜如此长，
河流如此长，
"母亲如此多"，
小娇儿睡了……

大地渐渐小
道路歧且长，

天空渐渐亮
轻抚你面庞。

如此之夜更
何其之神圣，
睡吧小娇儿
我也入你梦。

快快睡吧

彤彤月季，
采自昨日；
灼灼石竹，
红如桂花；

炉里面包，
蜂蜜香料，
红色游鱼，
缸里嬉戏；

一切东西，
都为给你，
宝儿听话，
快快睡吧。

给你石竹，
给你月季，
给你果子，
给你蜂蜜；

唠唠叨叨，
鱼儿多妙，
睡上一觉，
你就得到！

入　睡

亲儿，我将你摇着，
摇呀，摇呀，
以我的心跳，
将这世界雕琢。

是女人的手臂，
将你雕琢，
世界啊，因为我，
你变为洁白的雾气。

世界之身，透过梁檩，
透过玻璃窗，
进入卧房，
遮盖我们母子二人。

一切之河漕，
一切之山坳，
一切之新生，
一切之受造……

我不住摇着，
却看见，我，
得自造物的，
意识之躯已经失落。

眼下，小儿与摇篮，
我已全然不见，
世界也从眼前遁去，
如烟云消散。

予我亲儿与世界之人，
我向他呼喊，
这声音将我惊醒，
又睁开渴睡的双眼。

苦涩之歌

儿呀，让我们游戏一场，
我来扮王后，你扮国王！

这是你的绿油油的田产。
除了你，谁能将它享占？
碧波滚滚的苜蓿草田
为你才长成眼前这般。

这是你的一整座的平原。
除了你，谁能将它享占？
为了叫我们一起美餐
果园子里产出了蜜饯。

（啊，你断不会像
伯利恒的婴孩一样战栗惊慌
你母亲的乳房
不会因罪恶而干瘪饥荒！）
这是你的满当当的羊圈。

除了你，谁能将它享占？
我要将那绵羊毛修剪，
为你织成一件件衣衫。

自那日暮时分的牛栏，
奶牛流出了牛乳香甜，
还有那收割成堆的农产，
除了你，谁能将它享占？

（啊，你断不会像
伯利恒的婴孩一样战栗惊慌
你母亲的乳房
不会因罪恶而干瘪饥荒！）

好啊，我儿，让我们游戏一场，
我来扮王后，你扮国王！

渔女歌

这一位渔家女郎，
从不怕海上风浪。
将渔网盖在身上，
睡容如贝壳一样。

沙滩上进入梦乡，
大海边日夜成长。
海之乳母轻轻唱，
将你美美地摇晃。

网罟钩住我衣衫，
无法靠向你身边，
我不敢触动丝线，
恐将你好运打翻。

你睡得这般香甜，
如身在摇篮中间。
呼吸中空气含盐，
睡梦里渔获连连。

两腿如白鱼一双，
额头如锦鳞明亮，
胸脯间心儿砰砰，
鱼儿在跳跳蹦蹦……

死神歌

你这诡诈的死神，
走门串户的老妇人，
当你走在路上，
休想遇见我的儿郎。

你这循着乳臭，搜罗，
婴孩的老太婆，
找到谷末，找到盐粒，
休想找到我的奶汁。

你这人群的收割者，
为人母者的大敌，
在海滩上，在大道上，
休想看到我那孩子。

你这眈眈的死神，
把他的教名，忘了吧，
连同那伴他成长的花，
休想这一切得逞。

让这风、盐和尘沙，
搞得你又笨又傻，
搞得你头昏脑涨，
让你找不到方向，

教你分不清母子，
就像鱼儿混在海里，
这样，白天或任何时刻，
你就只能找到我。

我的歌

这一支我爱的歌，
没有手掌，
却欣然将摇篮彻夜摇晃，
请将它为我轻唱！

它追随罗达诺与米尼幼大河，
滚滚流淌，
漂浮女人与赤子的梦想，
请将它为我轻唱！

向那醒者与睡者，
我曾将它献上，
如今他们反令我受伤，
请将它为我轻唱！

我已将它唱过，
如不着痕迹的泉水一样，
它自由奔放地流淌，
请将它为我轻唱！

他曾搀拉我，
教我胜过了死亡，
向这一位刚强的天使长，
请将它为我轻唱！

我曾将它吟唱不绝，
靠着它胜过死亡与黑夜，
如今我将安歇，
请将它为我轻唱！

墨西哥孩童

恍惚如身在天边，
阿纳瓦克银光灿灿，
我在为一个孩童梳头，
周身有耀眼的光线。

这孩童如离弦之箭，
坠落在我两膝之间，
我哼唱着将他摇晃，
像是在将箭镞磨亮。

光芒古老，孩童娇小，
我惊喜得没完没了，
以俗语寓言的歌谣，
教他沉默，将他反复拥抱。

他的眼睛又深又蓝，
似有永生藏于其间。
我以双手为他梳头，
一如那古老的习惯。

冷杉树胶时时滴落，
从他颈上，到我肩窝，
时而沉重，时而轻盈，
如同未经射出的箭支。

我以歌韵将它养活，
它以香膏将我涂抹，
那是玛雅人的香料，
从我这里，人们将它夺去。

我抚弄孩童的头发，
将它散开，又盘起，
想从他根根发丝里，
寻找玛雅人的行迹。

告别我的墨西哥孩童，
如今已有二十个年头，
但是或睡或醒，我都
无时不在为他梳头……

我并不觉得烦恼不宁，
这是作为母亲的本能，
它使得我欢喜又痴迷，
从此不必为死神心惊！

小星星

一颗小小的星星，
停落在我的胸前。
她与我并不相像，
这实在奇妙难言。

夜里我正在酣眠，
醒来她已在身边，
她在我的发辫上，
灼灼地闪着光芒。

我呼唤诸位姐妹，
请她们前来观看：
"难道你们瞧不见，
她在床上亮闪闪？"

我走到院子当中，
与疑者大声论争：
"那不是个女娃娃，

那是一颗小星星！"

邻人们闻声赶来，
屋子里满满当当。
有人摸她的身子，
有人摸她的脸庞。

日子一天天过去，
欢喜一直在继续，
小星星金光灿灿，
摇篮边欢声笑语。

这一年，托她的福，
园子里没有下霜，
牲畜没挨冻受苦，
葡萄也挂满田圃。

大家都送来祝愿，
我用爱作为回报：
"就让我的小星星，
安安稳稳睡一觉。"

她身上闪着金光，
眼睛里晶晶发亮，
看着我的小星星，
我顿时泪下两行。

小花蕾

一朵小巧的花苞，
贴在我的心上。
既洁白，又纤小，
像一粒谷子一样。

炎热之时来到，
我为他遮挡日光，
一朵小巧的花苞，
贴在我的心上。

他的身量日长，
较我的身影更长。
长成大树模样，
额头如太阳闪亮。

他一再生长，
挣脱我的胸膛；
他沿着大道跑去，
如溪水般流淌……

为这创伤，我仍在歌唱：
"一朵小巧的花苞，
贴在我的心上。"
然而，他已不在我身旁。

摇 篮

木匠啊，木匠，
我已等得心慌，
请你快一点儿把树砍，
帮我的乖乖做个摇篮。

木匠啊，木匠，
松树下了山冈，
请你动手砍去那枝干，
打磨光滑如娘的心坎。

木匠啊，木匠，
黑脸膛的木匠，
请你用心做这个摇篮，
你也有过慈母与童年。

木匠啊，木匠，
你我心肠一样，
我对着乖乖语声甜甜，
令郎也含笑睡得正酣。

雏　菊

圣洁啊，活水的源泉，
湛蓝啊，十二月的高天，
绿草在轻颤着呼喊，
山坡上，我们围成圆环。

山谷里的母亲，举目观看，
高高的芳草地，碧色连天，
盛开起一朵巨大的雏菊，
山坡上，那是我们的圆环。

这一朵不断变化的雏菊，
时而弯腰，时而站起，
时而散开，时而聚集，
山坡上，我们欢笑嬉戏。

这一天，第一朵玫瑰绽放，
这一天，石竹花阵阵飘香，
这一天，山谷里添了一只小羊，
我们跳起圆圈舞，在这山坡上。

智利的土地

在智利的土地上，我们跳起舞，
她美过利亚，也胜过拉结。
人们喝了这块土地的母乳，
心里或是口上，都不再有愁苦……

这一块土地，比果园更其青葱，
这一块土地，比麦田更其金黄，
这一块土地，比葡萄更其绯红，
这一块土地，踏上去好似蜜糖！

她以灰尘蒙上我们的脸面，
她以河流汇聚我们的笑颜，
她亲吻着孩子们的舞蹈，
像母亲一样将他们呼唤。

以她的美丽，
我们祝愿她的牧场圣洁闪光；
以她的自由，
我们祝愿她的脸上歌声飞扬……

明天，我们将披荆斩棘，
明天，我们将开辟园地，
明天，我们将建起村子，
可今天，只管让我们尽情欢喜！

一切都是龙达

星星，是男孩们的龙达，
他们在捉着迷藏……
麦苗，是女孩们的龙达，
她们在"飘呀，飘呀"……

河流，是男孩们的龙达，
他们在"向大海奔跑"……
浪花，是女孩们的龙达，
她们在"与大地拥抱"……

火花的龙达

——致卡夫列尔·托米克

这一朵永恒的百瓣花，
这一朵无畏的灯笼花，
开在野蛮的丛荒上，
它的名字叫作火花。

在这圣胡安的晚上，
火如红花怒放。

如幼鹿奔跑向前，
火舌蹿腾，却不急喘，
火如红花，蓦然绽放，
注定与夜晚做伴。

在这圣胡安的晚上，
火如红花怒放。
这开在野蛮丛荒上的花，
不必浇灌，全无枝干，

大地里藏着你的爱念，
蓝天上抽出你的新芽。

在这圣胡安的晚上，
火如红花怒放。

这经樵人之手播种的花，
赶走野兽，驱散惊慌；
这劈开了一切妖魔的花，
拍打羽翼，腾空高翔。

在这圣胡安的晚上，
火如红花怒放。

我将你升起，与你做伴；
我将你照料，把你看管。
火啊，若你终不免凋谢，
请记得，我们情意绵绵。

在这圣胡安的晚上，
火如红花怒放。

和平的龙达

门槛上的母亲，
叨念着历年的战事。
田野中的孩子，
采摘下松树的果实。

德国的山坡下，
他们呼喊，等待回声。
海风送来法国的回答，
却送不来他们的面容。

后来这些孩子见了面，
语言不通，玩笑不懂，
只有瞧着对方的双眼，
想把彼此的心意弄清。

当有人在长吁，
大家便知道他在叹息，
而每一句俗语，
都使孩子们更加亲密。

沿着松香的空气，
母亲登上林间的高地，
当她们来到这里，
被旋风卷起吹去……

丈夫们前来寻找妻眷，
看到大地在旋转，
听见山冈在唱歌，
也围着世界舞成一圈。

色彩的龙达

亚麻花在绿茎上遍地开放，
蓝色的，绿色的，多么疯狂。
美妙的淡蓝，翩然起舞，
令人如在海上，迷失了方向。

当它那蓝色的花冠尽行脱去，
绿色之舞，仍在继续：
三叶草碧绿，橄榄枝青绿，
美丽的柠檬树，是一丛嫩绿。

啊，色彩之美!
啊，美之色彩!

玫瑰花与石竹花绽开花萼，
娇巧的，刚烈的，一片红色。
满眼的绿色，已趋于平淡，
如火的红色，又来争奇斗妍。

一种又一种的红色相继舞蹈，
没人知道，哪一种会更好，
它们痛快地跳了又跳，
直到变成火焰，在其中燃烧。

啊，色彩之美！
啊，美之色彩！

高贵的金色也终于驾临人间，
它如此雄伟，如此昂然，
一切颜色，在它面前躲闪，
它如阿伽门农走在众人之前。

这神圣的光彩飞舞翩跹，
达于人，或达于神的面前：
金色的秀发，弥散着芳香，
夺目的金黄，在天穹飘荡。

啊，色彩之美！
啊，美之色彩！

最后，那太阳神的孔雀，
要将它们统统带走，
它像是强盗，或父王，
将它们抓去，带向远方。

从前，它们将我们的手牵着，
如今已不是这样：
当讲故事的人离开了，
这世间的故事，也随之死亡。

不要长大

我希望我的孩子，
总是如此娇小。
断奶之后，
就不要再长高。
他不是一棵乔木，
如木棉或橡树。
白杨和牧草，
越高越好，
我希望我的孩子，
像灵芝一样小巧。

他已经生得周全：
聪明的头脑，
快活的脸蛋。
再加上一点点，
都是多余的破绽。

若再长高，
事情将变得不妙。
愚蠢的女子，
成群的宵小，
将蜂拥来到，
捧得他头脑发烧；
愿他以此为无聊，
不要正眼去瞧！

愿他停止生长，
留在五岁的模样。
愿他永远如此，
爱跳爱唱。
身高一瓦拉①，
一切节日都有他，
复活节与平安夜，
随他尽情玩耍。

女人们，
不要生气嚷嚷，

请听我讲：

石头与太阳，

只生不长，

却地久天长；

栏里的牛羊，

膘肥体壮，

却被送进屠宰场

——从来便是这样！

主啊，让他停下！

莫再生长！

救救我的孩子：

教他脱离死亡！

担　心

我不愿，我的小囡囡，
被他们变作燕子一般；
她会飞上高天，
不再停落于我的席前；
她将栖身在别家的屋檐，
我不能再将她装扮。
我不愿我的小囡囡，
被他们变作燕子一般。

我不愿，我的小囡囡，
被他们变作公主一般；
金鞋子虽然好看，
却不能在田间舞蹈翩翩！
况且每一个夜晚，
她都不能睡在我的身边……
我不愿我的小囡囡，
被他们变作公主一般。

我更不愿，我的小囡囡，
被他们变作王后一般。
我登不上她的宫殿，
她的宝座高不可攀；
每到了夜间，
我不能轻晃她的摇篮……
我不愿我的小囡囡，
被他们变作王后一般。

失而复得的儿子

我的儿子睡着了，
他的脸颊，落下，
广漠的风沙，
芦荻的飘絮，
瀑流的水花。

这所有坠落，
构成了梦，
梦在他的背上，
梦在他的嘴中，
侵占他的身体，
带去他的心灵。

多阴险，它们，
一点点将他遮蔽，
丢了儿子的夜里，
我这失窃的母亲，
没有了光明。

待圣洁的日光，
重又将儿子照亮；
他被归还，
坐在我衣裙上，
像一枚新的果实，
别来无恙。

小女孩的手指

手指捉到了蛤蜊，
蛤蜊掉进了沙子，
沙子冲到了海里，
捕鲸人将它捞起，
带到直布罗陀去，
渔夫们哼着小曲：
"稀奇稀奇真稀奇，
指头掉进大海里，
要是哪个小女孩，
想找指头快快来！"

要找指头得远航，
远航就得有船长，
船长还得有钱粮，
得靠城市来帮忙：
论说马赛比较棒
可惜还不够漂亮，
只因有个小女孩，

指头掉进了大海，
捕鲸人将她等待，
请到直布罗陀来……

彩　虹

彩虹架起拱桥，
向你招摇，
它通往天堂，
灵魂登上虹车
爬上山冈……

它隐没又明了，
像一座吊桥，
伸出手臂，
要将你带走，
你舞动双手，
像鱼儿咬钩……

啊，莫再看，
莫把彩虹，
当作柳枝绵绵，
莫去抓它——
被那赤紫黄靛，
带去天边……

玛利亚与夏娃，
你吃母乳长大；
在我门前，
你拿苋菜玩耍；
讨要面包，
是我教你说话。

请别再去看它。
若你上去，
我便会发疯，
追着你到天涯。

高　山

我的孩子，有朝一日，
你会赶着羊儿走上山冈。
可眼下，我还要将你，
背在身上。

阴郁的山峦，
如暴躁的女人一般，
她孤苦生活，
对我们却充满了友善。
她招手示意，
邀请我们登上群山。

孩子，我们一起，
登那橡树与榉树的山。
大风吹动木叶，
山峦逶迤绵延，
母亲不惜双臂，
将那荆棘劈斩……

俯视茫茫平原，
不见村落河川，
不必感到不安，
母亲在你身边。

如布匹被撕裂，
云雾遮掩下方的世界。
你害怕时，
我们便停下安歇。
在高高的公牛峰上，
再也回不去那乡野。

如石鸡的一跃，
太阳翻过高高的山坡，
照亮迷离的大地，
像一枚新果，
浮现它那浑圆的笑靥。

天　车

我的儿子，你抬脸，
望着星星。
只消一眼，她们，
便将你灼伤，
在你身上结满冰霜，
如摇篮被推动，
天空开始摇晃，
如那随她们而来的，
模糊了，你的模样……

那是上帝，他降临，
迎接你我；
如一条飞瀑，
在群星上降落。
驾着天车，
眼看就要到达……

在路上停住，
因爱与威怒，
担心我们会受害
或瞎掉双目。
到来，我们欢呼，
离开，我们恸哭。

天车日益近了，
缓缓下落，
那栩栩的辐辏，
已挨近你的心窝。
这一天，你登上车，
毫不担心什么，
你大哭，唱着歌，
欢喜地被它带走了。

家

孩子，乳酪色的餐桌，
上面有吃有喝，
陶瓷餐具闪着光泽，
墙壁涂成蓝色。
在油和盐的中间，
面包美得像是在演说。
它有金子的成色，
却比之更漂亮，
将果子与金雀花赛过，
来自麦穗和炉膛，
那醇香令人总想一尝。
手指坚硬，掌心柔软，
孩子，我们将它掰开，
看着它，你会叹想：
这香喷喷的白花，
竟开自黑色的土地上！

孩子，放下它，
我们都把这面包放下。
你切要知道：
每粒麦子，都是空气、
阳光与汗水的果实，
然而，这"上帝的恩赐"，
并非家家有之；
若其他孩子没有得到，
那么，你也不需要，
如果你去拿它，
手都会感觉到害臊。

孩子，饥荒长着瘦脸，
在草垛里乱翻，
它弯着腰，寻找面包，
却总难得找见。
也许它现在就要来到，
为了让它找着，
我们把面包搁上一晚；
像克丘阿人留着门，
生起火做记号，

等它前来将面包吃掉，
再美美睡上一觉！

小脚丫

这一双孩子的小脚丫，
被冻得乌青乌青，
上帝，他们既已看见
为何不施以同情？

这一双冻伤的小脚丫，
被砾石磨得淤紫，
沾满积雪与污泥。

瞎眼的人，你不知道，
你经过的地方，
一朵鲜花正被遗忘；
那你走过
足印带血的地方，
一株晚香玉正在生长。

然而，你走了过去，
直直地穿过街衢，
毫无羞愧，全不畏惧。

这一双孩子的小脚丫，
这一对受难的小宝石，
你怎么敢，将它们漠视!

马厩中

午夜一声啼响，
惊动牲畜家禽，
圣婴降生世上，
马厩充满荣光。

它们纷纷向前，
围在圣婴身旁，
无数伸长的脖颈，
像树林一般欢动。

一头耕牛低下头来，
向那小脸蛋上呵气，
它眼里充满了爱意，
如无数晶莹的露滴。

绵羊柔软的绒毛，
温暖圣婴的身体，
还有两只山羊羔，
舔舐着圣婴手臂。

马厩四面的围栏，
不易发现的地点，
住着家鸡和老鸹，
还有山鸡和大雁。

山鸡们也走上前去，
用它那彩色的尾羽，
将圣婴轻轻地抚摸；
大雁嘴巴又扁又阔，

将干草理得软和和；
而那成群的黑老鸹，
遮蔽着初生的圣婴，
像一层抖动的棉帕。

圣母急得脸色发白，
她没办法挤上前来，
只好来来回回走动，
不能抱圣婴在怀中。

眼见这其乐融融，
约瑟也满面笑容，
如树林沐浴春风，
就在这马厩之中……

平　静

如一座园子，
我的生命被烧成灰烬，
却未彻底冷却，人们给我以，
奇异的山和一条河流，
黄昏的一幕，如基督受难，
鲜血淋漓。

我的孩子，
在我膝下，为他们的脸，
我将不能哭泣，
最好的事情仍然存在，
比如……将我的胸膛
给予他们之中漂亮的一个。

为此，我拥有了，
一切的土地与蜜糖，
以及梦想；
我别无他法，

唯有以这求乞的手掌，
摩挲他和气的脸庞！

我日日走在路上，
怀中的婴孩，以他，
果子般的香气将我安慰：
我敞开胸膛，
那香气中有岩穴和园子，
以及那温暖的蜂房！

我变成，那山冈和园子
水黄芹和女儿泉：
雪白又天蓝！
在上帝的青草地上，
我将自己放养，他庇护我
如风中的亚麻花一样。

当下雪的那天：
我将紧偎那冰凉的婴孩，
　（这不过是另一种背叛）。
在那无声无息的爱中，

紧紧地抱着他，
直到心里一切不在。

再见他面

难道，在那繁星闪耀的夜晚，
在那天色微明的清晨，
或是，在那晚祭时分，
我再也，再也不得与他相见？

难道，在那环绕着农田的
苍白小路旁，在那被月光映得
惨白的颤抖的清泉边，
我再也，再也不得与他相见？

难道，在那丛林密荫间，
我曾被夜幕所困
急切呼唤他名字的地点，
或是，在那个回荡着
我的呼喊的洞穴里面，
我再也，再也不得与他相见？

不，不会是这样。
我将再见他面，无论何方
——或在天上的众水之源，
或在激荡的旋风中间，或在
宁静的月下，无情的光前。

我将与他在一起……
把自己拴在一个痛苦的结上，
戴在他流血的脖颈上，
无论春日，或是严冬！

云 朵

云朵自大海上腾起，
雪白而柔软，
如温驯的羊群，
却不免令女人们不安。

如惊慌的孩童，
听候天空与时间的差遣，
等待那前行的鞭声，
云朵啊，你们可有牧人？

——是呀，那牧人
便是泠然的风，
他时而发怒咆哮，
时而温和友好。

在那湛蓝的草原中，
他向我们下令，
要我们向这，或向那，
总是如此从容。

云朵啊，你们可有主人？
若有朝一日，
他将你们向我交托，
你们可愿意跟随着我？

这可爱的云朵，
自然不会没有它们的主人。
那最远的星星背后，
便是他的居所。

留在牧场吧，亚伯，
不必因为羊儿丢失而逃遁，
如果牧羊人疯狂，
羊儿必然死亡，而你则失去羊群！

对星星的许愿

天鹅绒般的夜空，
星星睁开它们的眼睛；
你们是否在察看，
看我是否心地纯净？

如夜空中的灯笼，
星星眨着它们的眼睛；
你们是否在窥探，
看我是否内心柔软？

星星的眼睛，
不眠不休。
你们为何这样，
有紫，有蓝，又有红？

星星的眼睛，
充满好奇，近乎透明，
何以，你们的面容，
消失在玫瑰色的朝霞中？

星星的眼睛，
噙着泪，还是露珠？
你们的颤动，
是不是因为天空寒冷？

星星的眼睛，
请一直这样看着我，
我向你们保证，
将永远心地纯净。

爱 抚

母亲啊母亲，亲吻我吧，
我将亲吻你更多，
亲吻你，
直到一切被这亲吻淹没⋯⋯

蜜蜂躲进了百合，
花朵却并未察觉它的栖迟。
你将我藏在怀里，
也难以听见我的喘息。

我久久凝视你，
并不觉得缺乏力气，
这一个孩童，呈现于你瞳孔里，
他如此美丽⋯⋯

你眼中的一切所见，
像一汪池水；
那脉脉含情的水面，
唯独将你的儿子映现。

以你给我的这一双眼，
我要长久地将你注视，
永远将你观看，
不管在大山，汪洋，或是天边……

春夫人

啊，春夫人，
她的衣装如此绚烂：
柠檬与柑橘的花朵，
织成她可爱的裙衫。

那阔大的叶片，
是她的鞋子；
那猩红的樱桃
是她的耳环。

条条小路中间，
人们见到她的容颜；
她喜气洋洋
歌声美妙婉转。

啊，春夫人，
她带来万物更生，
人间一切的苦痛，
被她肆意地嘲弄……

别将这些说给她听，
她向来不懂，
茉莉的芬芳中
怎会有庸俗的人生？

金色的清泉中，
漾起美妙的歌声，
如此美景
怎会有庸俗的事情？

她让玫瑰的花瓣
在焦土上开得红艳，
不管那土地
如何贫瘠又干旱。

她为那坟圈
画上片片新绿，
在它冰冷的岩石边
添上道道花环……

啊，春夫人，
以不同名字的玫瑰，

她荣耀的指尖，
为我们将生活装扮；

有的叫作温柔，
有的叫作无忧，
有的叫作喜悦，
有的叫作原宥。

撒　种

翻起的泥土软绵绵，
如日光下温暖的摇篮。
上帝喜悦你的劳动，
农人啊，请快快撒种！

面色黧黑的收割者，
饥馑不会到你家里做客。
为这面包，为这爱情，
农人啊，请快快撒种！

掌握着生活的播种者，
你引吭为希望而歌；
正午的太阳一片光明，
农人啊，请快快撒种！

以日光为你祝福，
上帝的惠风将你触摸。
撒种的农人啊——
愿你的麦粒越来越多！

大树礼赞

——致唐何塞·巴斯孔塞罗斯

大树，我的弟兄，
你将褐色的根脉攫入泥土，
抬起那光明的头颅，
梦想直指天穹。

你教我眷恋这热土，
因它的肥沃我被供养，
你教我将蓝天记在心上，
那是我母亲的国度。

大树，你对那路人
何其慷慨又慈爱，
奉献你宽大荫凉的胸怀，
和一生的年轮。

让我也能够如你这样，
在生活的旷野，

像少女一般纯洁，
待人以和善的热肠。

大树，为人们倾尽所有：
结出红彤彤的美果，
伐作用于建造的梁木，
树荫蔽人，花香可嗅；

那树胶如此柔软，
树汁有神奇的功用，
那枝叶风情万种，
演奏出动听的乐声；

让我也能有此热情，
可以提供同样丰富的出产，
让我的所想与所见，
如这世界一样宽广无边！

无论所事何种工作，
都不会觉得疲弱：
让我拥有充沛的精力，

可以用之不竭！

大树，你的心跳，
如此平静安息，
可我的一身力气，
却被狂热与盲目所消耗；

像那男子汉一样，
让我也学会平复自己，
如神祇的气质，
呈现于古希腊的石像上。

而如女子一样，
你也保有体贴与温柔，
在那枝头，
你将鸟儿的巢穴轻轻摇晃：

给众生以庇护，
无所不在，如其所需，
在人类无尽的丛林里，
它们无以遮风避雨。
不管身在何方，

你总是这样热情满腔，
那庇护者的荣光普照万丈：
让我也像你一样：

不管年幼或老去，
快乐还是哀伤，
都让永恒无缺的爱，
在我的灵魂中发出光亮。

小红帽

有一位小姑娘，
大家都叫她小红帽，
她要到邻村去，
把生病的外婆探瞧。
这一位小红帽，
她有金黄色的头发，
心肠那么美好，
简直要将蜜糖赛倒。

天刚刚放亮，
小红帽已走在路上，
穿过一片树林，
她走得安静又匆忙。
有一条大灰狼，
见到她两眼直冒光：
"小姑娘，我问你，
你这是要去往何方？"
小红帽太天真，

像朵无辜的百合花，
"我带着甜点心，
还有那喷香的炖肉，
我的外婆病啦，
这些好吃的送给她，
她住在村口上，
你知不知道她的家？"

走过了小树林，
小红帽欢天又喜地，
采摘着红果子，
对那野花儿着了迷，
时而追赶蝴蝶，
早已把大灰狼忘记。

凶恶的大灰狼，
离开树林一路快跑，
跑过了大磨坊，
翻过了那座小山包。
它装成小红帽，
将外婆家的门儿敲，

外婆把门打开，
被这畜生吓了一跳。

大灰狼真残暴，
一口把老外婆吃掉，
真糟糕真糟糕，
这下可是要怎么好！
坏家伙还在笑，
它穿上外婆的外套，
小红帽不知道，
外婆已经被它吃掉。

不等她把门敲，
门儿却自己打开了。
床铺上乱糟糟，
狼外婆问："是谁来了？"
这声音很奇特，
也许是因为生病了，
——小红帽这样想，
"妈妈让我送来吃的。"
小红帽进了门，

带着那花儿和野果，
野果子香喷喷，
野花的枝子婆婆娑娑。
"点心先一边搁，
快来给我暖暖被窝。"
小红帽真善良，
居然相信它的瞎说。

睡帽下露马脚，
长出了一双长耳朵，
这实在太蹊跷，
"耳朵怎么会这么长？"
紧抓住小红帽，
狼外婆又胡说八道：
"要想听话方便，
耳朵长成这样才好！"

小红帽鲜嫩嫩，
大灰狼馋得直瞪眼。
她心里很害怕，
大灰狼也慢慢露馅。

"外婆你的两眼，
为什么会又大又圆？"
"我的宝贝心肝，
还不是为把你瞧看？……"

狼外婆咧嘴笑，
张开黑漆漆的大嘴巴，
闪着森森寒光，
那是它雪白的大牙。
"外婆我很害怕，
你咋有这样的长牙？"
"我的宝贝心肝，
还不是为了把你吃下？……"

狼外婆蜷缩着，
在它粗硬的毛下，
小红帽担惊又受怕。
像一只小羊羔，
狼外婆吃了她，
连骨带肉都吞掉啦，
她小小的心脏，
被像樱桃一样压榨……

葡萄压榨机

舞 女

女子正跳着她的舞蹈，
将所有的一切失掉。
失掉父母与兄弟，
园子和土地，
失掉那絮语的小溪，
道路，家常，她自己的面孔
和名字，嬉戏的总角，
一切所有，自她的
颈部、胸前与灵魂中失掉。

她已将一切失掉，
在白昼内外，且舞且笑。
友与仇、爱与杀的世界，
土地出产葡萄如血，
瞌睡之人不得安息的夜，
牙痛者的煎熬，
于此中，她振臂舞蹈。

她甚至将自己失掉，
没有名字、种族与宗教，
如一棵树的摇摆，
她旋转、舞动双脚，
唯一的存在，是她的美好。

这不是信大翁的舞蹈，
没有盐与海水打湿她的翅稍，
不是受伤的芦苇的舞蹈，
她并未偃然伏倒。
这不是，鼓满帆的海风的舞蹈，
高冈上青草的微笑的舞蹈。
她没有教名，
不再有身体与宗族，
火热的诗，青春的歌，
她已将之葬入土中。

我们掷还给她的生命，
像结满毒蛇的朱色衣衫，
受其咬啮，她狂舞发疯，
被盲目地鼓动，

跌落在，靡倒的旗旌
与破碎的花环之中。

如在梦中，她舞个不停，
纠结于一切可厌的事情，
我们的呼吸被牵动，
她喘息，空气不能使她轻松，
她像一股少有的旋风，
是坏是好，全说不清。

如急喘在她的肺胸，
如苍白在她失血的面容，
如她的呼啸响彻西东，
如她的温热在红色血脉中，
我们是，她幼时的上帝所留的创痛。

修剪巴旦杏

巴旦杏以它娇美的容颜，
似乎要去亲吻上帝的脸，
以纯洁的手指，
我不得不为这杏树剪枝。

如在写一首真正的诗，
我的鲜血从上向下滴，
我打开了心田，
让春之血液将我浇灌。

它的脉搏跳动于我的心间，
它潜于树干中的血脉听见
我心里那声声的刀斫斧砍。

一切所爱皆已离开我身边，
我唯一的祭品是这巴旦杏，
它一直在托举着我的心灵。

好心的女人

我要登上海边的巉岩，
与那看管灯塔的男子相见，
咀嚼他口中海浪的味道，
察看他眼里浩瀚的深渊。
我要赶往他的身边，
在这大海的守望者死去之前。

在一片绝壁之巅，
他将东方久久地凝望，
我要站在他与汪洋之间，
令他不能越过我注视那深渊。

黑夜于他如此寻常，
它如今是我的道路与眠床，
他素了解章鱼、海绵和海浪，
以及那导人于昏迷的轰响。

潮汐磨洗他正直的胸膛，
令他将苦难品尝，
呼喊如海鸥一样，
他面容苍白如身负创伤，
沉默又安详，像已死去，
又像从未生活在这世上。

我要将那灯塔的高台攀缘，
不管沿途有多艰难，
我要与他相见，
听他说起那大地与苍天。
我为他带来了
盛有牛奶与美酒的瓦罐……

他仍是倾心聆听着那汪洋，
那自私自爱的海洋。
抑或他只是湮没于咸海上，
已经将一切遗忘。

死掉的木棉

在瓜亚多斯的平原上，
木棉已告死亡。
她何以会死，又是否
死得如女王一样？

以死亡而更其宝贵，
以枯萎而更其荣美，
她纯朴的品格，虽没犹在，
全然涤除了一切滓秽。

微风吹过，大地默哀，
它们不明白，
她并非为追求舒适
才在这土地上躺下来。

那小小的蛀虫，
还未来得及爬到她身体中，
如两条溪流，
成队黄蚁和白蚁为她守灵。

并非因斧斫雷劈，
也非因干旱天气，
是与邻人的土地纠纷，
致使她枯萎倒地。

天地不肯帮忙，
纯洁的红土不再将她供养，
露珠不会再结于她的肩背，
群星也不再守护她的头上。

那斧头落下来之前，
且让她卧在我母亲身边，
让我轻唱一支神曲，
将她向火神祭献。

献与蓝色的火，红色的火，
以及那火一样的爱情，
她将被引至上帝的宝座，
安息在另一个故国。

清　泉

自深深的果园，
流出一道活水的源泉，
青草将它遮掩，
连水花也看不见，
它安静地流向低处，
清流潺潺，不增不减。

我的掌心弯起如贝壳，
它却从指缝间流过。
从低处渗出来，
人们俯下身将它汲喝，
我所献与它的，
是极大的干渴：
畜群、孩童与我的干渴。

自遇见这清泉，
它虽然白昼看不见，
夜晚听不见，

却时常与我交谈，
在睡梦里面，
它给我以神奇的痛感，
又像另一种血液，
不觉地流在我胸间。

它濡湿了
那小牛犊的眼睛。
在一片薰衣草中，
曲折地蛇行，
它如我一样发声，
令青草战战兢兢。

它流向山坳，
并不像兔子那样蹦跳，
它登上高坡，
将石灰岩的棱角咬掉。
大地任由它遁逃：
如托比亚斯一路煎熬，
它的终点迟迟不到。
　（一日夜间，清泉流出橄榄园，

流过高大的树干，
流过漆黑的夜晚，
它的血液流向了低处，
人们不能听见。）

但这泛黄的清泉，
我们能将它看见，
它带走了我们的眷恋，
整整两千个黑夜与白天；
这昏黑的夜晚，
它是何等地形只影单，
我们又如何能听不见，
任由自己睡得香甜？

乌拉圭的麦穗

一月的艳阳天，
麦穗的籽粒渐趋饱满，
水汽结于它的睫毛上面，
如紧并的手，未睁的眼。

它疯狂地灌浆成长，
人们几乎能听见那声响，
我伸手去抚摸，
又将它贴在自己的脸上。

十个礼拜过去，
麦粒已经硬如黄铜一般，
它正在蒸出水分，
这在阳光下难以察见。

姑娘啊，麦穗速速生长，
你并不担心着忙，
却为何对它熟裂的声响，
感到这般地恐慌？

因为，死神的牙齿，
将夺走它所有的麦粒，
而它的尸骸，
将被随意地丢弃。

修剪玫瑰

这一丛玫瑰过分生长，
如强大的荷罗孚尼走在路上，
以一把闪亮的快剪刀，
我在它身上屡屡制造着创伤。

剪下的断枝掉在一旁，
如海草被波浪推送至沙滩上，
在受到惊吓的母株中，
沿着剪开的地方照进了阳光。

这玫瑰像罗尔丹流氓，
风已经吹干他的七十处创伤，
然而，我的一双手掌，
却像被狮子的舌头舔过一样……

我停下来休息了半晌，
觉得这一双手已经得到释放，
看到膝头又尖叫起来，
两支玫瑰如蝾螈之血在流淌……

圣胡安的夜晚

如野兔与山羊羔腾起，
三十堆篝火熊熊燃烧，
夜晚因此而绮丽，
如圆柏树华美的果实。

无人依傍的姑娘，
独守着空房，她有
多余的木柴和细麻布，
她有葡萄美酒，无人共享。
圣胡安远远将我察谅，
跨过约旦河，将你带来我身旁。

餐桌及桌布何其神圣，
它未经别人触碰，
佳肴如鲜果般香甜可口，
美酒如琼浆般甘洌纯净。
这精美无比的饮食，
无人品尝却已被享用！

这无人前来的岑静，
令人听见自己的心跳声，
这孤儿一般的房子，
令我们变成了透明。
不曾开口呼喊，
我们向前走在希望之中。

这铁木与山楂的夜晚，
没有丝毫温婉，
且让我这般看着你：
我是自由的，你也没有羁绊。

我的白桦归于静默，
它不再对我喁喁诉说，
我不愿说，也不愿想，
只愿这样将你看着。

便是这般，亲爱的，
在我们出生之前的夜晚，
天狼与仙后的星宿间，
闪耀着星火点点。

记忆失落在那火花里面，
未来已启程向前。

丧 装

晚上，一棵树身披丧装，
抽生自我的胸膛，
破除骨肉，向上生长，
将其头颅生在我脖颈上。

自我的背部和双肩，
生出枝条与叶片，
三日间，它们已长满，
如血在我身上流遍。
便是这样，我穿上了丧装！
全身再没有可触摸的地方！

一团烟雾里面，
我不是那燃烧的木炭，
也不是那熊熊火焰，
却是萱草般盘旋的藤蔓。

来人仍叫着我的姓名，
认识我的面容，
可在那窒息的烟雾中，
我看见，自己变成了一棵树，
变成闷夜与灰烬、
森森的柏树和虚假的长松，
想挣脱却逃不出眼前。

这一个洁净的夜晚，
我的身体迷失于这丧装，
这夜的气息和烟
蒙上我，令我瞎了眼。

我成为这最后的树，
它不必寄生于泥土，
不必播种、插条或移株。
我便是我的柏树，
我自己的阴影与萱草，
不消剪裁的尸布，
游荡的梦境，
我的不曾瞑目的烟树。

仅以这一个夜晚，
夕阳已落，白昼如飞而去。
我变成了云烟，
被童子的手轻轻掰断。

颜色自我的裙裾遁逃，
或白或蓝，皆已逃之夭夭，
直至清早，我看到，
自己变成松树在燃烧。

十字架上，这虚假的黑色的三角
不再生发，连汁液都已失掉，
仅剩一棵烟树在其下游荡，
人们在烟雾中听我絮絮叨叨，
厌倦与我相好，
厌倦一切生活与面包。
它没有季节，色彩单调，
仅以烟的姿势存在，再也不能
将一串松果挂在树梢，
将幸福缔造，或在灶下燃烧。

一句话

有一句话令我鲠在喉，
压迫我像涌动的血流，
我不能说也不得自由。
若说出来，它会教青草燃烧，
教羔羊受伤，教飞鸟坠下。

我要将它同语言剥离，
以石灰封在河狸洞穴，
我不能将飞翔掩盖起
像收藏灵魂那般容易。

它在我的血脉里游移，
追随着我错乱的呼吸，
我不想说自己还活着。
我父约伯曾如此说起，
我却不愿再将它提及，
否则，它将燃烧着滚滚而去，
遇上浣女，爬上她们的辫子，
将无辜的灌丛烧成一片平地。

我愿播下它如暴力的种子，
趁夜晚掩埋令它窒息而死，
不再有语言可追索的痕迹。
或是将它砸一个稀烂，
像用牙齿将一条毒蛇咬断。

做完这些，我将回房休息，
从此与它摆脱了干系，
直到我从梦和遗忘中醒来，
在两千天后，我重获生机。

我将只记起，曾有一句话
如碘水与白矾含在我嘴里，
却忘记，那一个夜里，
那他乡的旅舍、囚牢和外面的光，
虽然已经离开我的身体，
可是，它却仍然同我的灵魂待在一起！

你曾经爱过的歌

啊，我的生命，请你前来聆听，
为你曾经爱过的一切，我要放歌，
你将回忆起，这世界里你的影踪，
在我黄昏日落时的歌声中。

啊，我的生命，请听我的心声。
你该如何寻我，若我喑哑寂静？
舍此，我又该如何表达这感情？

啊，我的生命，我仍是你情之所钟。
从不犹豫，不会忘记，也不曾遁形。
啊，我的生命，请于今夕归来！
请追忆着那首歌子归来，
若你不曾将它忘记，
不曾忘记我的姓氏，
我便会等候着你，绵绵无期。

归来吧，我的灵魂，我的爱侣！
别怕这黑夜迷途、凄风苦雨。
请你召唤我，不管身在哪里，
请你靠近我，莫要再迟疑。

工人的手

这一双粗糙又坚硬的手，
表皮龟裂，生满褶皱，
如污泥一般黝黑，
如烤蝶螈一般枯瘦，
然而，它是多么美丽！
举起时是何等轻易，
垂下时又充满疲弊。

它将土块一一搓揉，
它翻动沉重的石头，
它勒紧大车的绳索，
它将棉絮纺成线球。
这一双被人轻视的手掌，
却受奇妙的大地所称扬。

它像楔子又像那锤头，
灵魂出众却外形丑陋；
有时候，它像蜥蜴一样

被齿轮绞成一团血肉。
如一棵大树耸入云天，
枝条却被残忍地砍断。

我既听得到，也看得见：
它使织机运转，将炉铁锤炼，
它张开虎口，紧紧攥住铁砧，
它握起双拳，麦粒流过指间。

我还看见，它在矿坑的井沿，
在蓝色采石场边。
它为我驾起小船，
出没在风口浪尖；
它为我挖好坟墓，
不必问身高体宽……

它在夏天织布纺线，
织成麻布光如水面。
它将羊毛精心梳理，
它将棉絮弹得松软；
孩子与英雄的衣装上面，
有它美好与荣耀的纪念。

然后，它们都安息下来，
伴着它们的技艺和用材。
神灵之手将它们抚爱，
群星之眼将它们青睐。
然而，它们无法进入梦乡，
仍在压榨甘蔗，翻起土壤！
愿它们安睡在基督手上，
直至那东方升起了朝阳！

黎 明

如火热的瀑流，
我以胸膛迎来宇宙。
当新的一日降下，
我便告罢休。
我为它张开歌喉，
像岩穴般丰富自由。

这欢乐没有尽头，
令我无欲无求，
直到那茫茫夜幕，
从哥尔戈纳溃败、逃走。

织机主子

你，圆滚滚的织机，
便是织工们的主子；
你降临这一方车间，
活像"疯狂的上帝"。

当你挥舞起了手臂，
当你发动起了身体，
这一班可怜的织工，
就别想停下来休息！

梭子来来往往，
踏板上下着忙。
这一班织工的心脏，
如瓦罐在熊熊炉膛。

白棉絮和羊毛，
挨近你的面庞，
线团转得慌张，
缠绕在纱锭上……

你，这织机的主子，
有一双不休的手臂；
我们就像你的轮子，
忙个不停，劳作不息；

用尽那最后的力气，
我们要一直伴着你！
忙到我们肝脑涂地，
忙到你被磨穿废弃！

门

这世界有众多的表情，
我曾领教过门的那种。
在半开半掩的门缝中，
我曾亲眼看见过光明，
它们向这或向那转动，
有狐狸的毛色与身形。
我们为何要创造它们，
将自己关在囚牢之中？

它们如同悭吝的外壳，
藏着里面甘甜的美果。
它们享受舒适的炉火，
不留给外面一点温热。
它们以门扇作为隔阂，
只许我们在内室放歌。
它们从不懂分享欢乐，
从不像熟裂的石榴那样好客：
它们是披麻蒙灰的女预言者，

生就一副苍老又世故的颜色，
永不了解姑娘们温柔的闺阁！

它们活像哀伤的蛞蝓，
全无海浪沙滩的乐趣。
它们活像阴暗的天空，
乌云遍布酝酿着暴雨。
它们活像死神的裙裾，
直挺又僵硬，黑黢黢，
我却像一根颤抖的竿，
想打开它们，走进去。

虽然沐浴在晨光之中，
它们却拒绝她说："不行！"
虽然脸上享受着海风，
它们却冷落她说："不行！"
它们拒绝松芽的芳香，
那香气来自高山之顶。
它们不施援手，无动于衷，
如卡珊德拉坐视灾难发生：
我以与她同样残酷的宿命，
走过了这一道冰冷的门庭。

我带着疑惑将门叩响，
像初次来到这里一样。
那门楣干燥而又发亮，
如利剑高悬闪着寒光，
那门扇开合如此顺畅，
像两只逃命中的羚羊。
迈进这道门槛的时候，
我以面纱遮住了脸庞，
我在猜想，那等着我的，
到底是福祉还是灾殃，
这小如巴旦杏的居所，
会有何礼物对我献上。

然而，我已经想出逃，
想甩掉这大地的外套，
像一头鹿那样地跑掉，
消失在哀愁的天际边，
从汇聚人群的池塘里遁逃，
从印满足迹的门庭前逃跑。
把那死鳗鱼般的钥匙丢掉，
不再将它们拿在手上翻找，

旅途中，我再也不愿听到
它们叮当如响尾蛇的鸣叫。

这将会是我最末一次
毫不难过地跨过它们，
如同被解放的女奴隶，
我将顺着先贤的指引
跟随他们踊跃的群体
豪迈地向着远方奔去。
在他们要去往的那里，
不会再有人被石柱子割伤，
不会再有教人受苦的墙壁
将人们的创痛藏在绷带里。

他们受造于永恒之光，
他们将陪伴于我身旁。
我们便在这地下天上
一起纵情放声地高唱。
以这众人火热的歌声，
我们摧毁一道道门庭，
人们因此摆脱了困境，

像那听见了冰雪消融，
跌落于大地的泥泞中，
从噩梦里醒来的孩童。

附录一 加夫列拉·米斯特拉尔年表

1889年　4月7日，出生于智利北部科金博省艾尔基山谷小镇，原名卢
　　　　西亚·戈多伊，父亲赫罗尼莫·戈多伊，母亲佩特罗尼
　　　　亚·阿尔卡亚加。

1905年　在艾尔基山谷附近的两个小村庄任教，并且在地方报刊
　　　　上发表文章和诗作。在这期间尤为受到哥伦比亚诗人华嘉
　　　　斯·维拉及《圣经》影响。

1906年　在科金博省省会拉塞雷纳与铁路工人罗梅里欧·乌瑞塔相
　　　　爱，在结婚之前被抛弃。

1909年　罗梅里欧·乌瑞塔开枪自杀。

1912年　第一次使用加列拉·米斯特拉尔作为笔名发表作品。

1914年　在圣地亚哥的"花的竞赛"中，她以悼念爱人的三首《死
　　　　亡的十四行诗》获第一名。

1921年　出版了第一本诗集《绝望》，进一步提升了在南美洲的声望。

1922年　美国纽约哥伦比亚大学西班牙研究院出版了诗集《绝望》，

同年应邀参与墨西哥的教育改革。

1924年　从墨西哥途径欧洲回到祖国智利后，创作了第二本诗集《柔情》，并在马德里出版。

1929年　母亲佩特罗尼亚·阿尔卡亚加去世。

1932年　从事智利的外交工作。

1938年　在布宜诺斯出版第三本诗集《有刺的树》。

1945年　诗集《柔情》在布宜诺斯增订再版。同年，获得诺贝尔文学奖，成为拉丁美洲获得诺贝尔奖的第一人。

1954年　返回祖国智利，在圣地亚哥出版她人生的最后一本诗集《葡萄压榨机》。

1957年　1月11日，逝世于美国纽约。人们根据她的遗嘱，将诗人安葬在她出生的艾尔基山谷蒙特格兰德村的公共墓地里。

附录二　诺贝尔文学奖大系书目

1901 年　　苏利·普吕多姆（法国）　　《孤独与沉思》

1902 年　　特奥多尔·蒙森（德国）　　《罗马史》

1903 年　　比昂斯滕·比昂松（挪威）　　《挑战的手套》

1904 年　　何塞·埃切加赖（西班牙）　　《伟大的牵线人》

1904 年　　弗雷德里克·米斯特拉尔（法国）　　《米赫尔》

1905 年　　亨利克·显克微支（波兰）　　《你往何处去》

1906 年　　乔苏埃·卡尔杜齐（意大利）　　《青春的诗》

1907 年　　拉迪亚德·吉卜林（英国）　　《丛林故事》

1908 年　　鲁道夫·奥伊肯（德国）　　《人生的意义与价值》

1909 年　　拉格洛夫（瑞典）　　《尼尔斯骑鹅旅行记》

1910 年　　保尔·海泽（德国）　　《骄傲的姑娘》

1911 年　　梅特林克（比利时）　　《青鸟》

1912 年　　霍普特曼（德国）　　《织工》

1913 年　　泰戈尔（印度）　　《新月集·飞鸟集》

1915 年　　罗曼·罗兰（法国）　　《约翰·克利斯朵夫》

1916 年　　海顿斯坦姆（瑞典）　　《查理国王的人马》

1917 年　　彭托皮丹（丹麦）　　《天国》

1917 年　　耶勒鲁普（丹麦）　　《明娜》

1919 年　　卡尔·施皮特勒（瑞士）　　《伊玛果》

1920 年　　汉姆生（挪威）　　《大地的成长》

1921 年　　法朗士（法国）　　《泰绮思》

1922 年　　贝纳文特（西班牙）　　《不该爱的女人》

1923 年	叶芝（爱尔兰）	《当你老了》
1924 年	莱蒙特（波兰）	《农夫》
1925 年	萧伯纳（爱尔兰）	《圣女贞德》
1926 年	黛莱达（意大利）	《邪恶之路》
1927 年	亨利·柏格森（法国）	《创造进化论》
1928 年	温塞特（挪威）	《新娘·女主人·十字架》
1929 年	托马斯·曼（德国）	《布登勃洛克一家》
1930 年	辛克莱·刘易斯（美国）	《巴比特》
1931 年	埃里克·卡尔费尔德（瑞典）	《荒原与爱情》
1932 年	约翰·高尔斯华绥（英国）	《福尔赛世家》
1933 年	伊凡·亚历克塞维奇·蒲宁（俄罗斯）	《阿尔谢尼耶夫的一生》
1934 年	路易吉·皮兰德娄（意大利）	《六个寻找剧作家的角色》
1936 年	尤金·奥尼尔（美国）	《进入黑夜的漫长旅程》
1937 年	马丁·杜·加尔（法国）	《蒂博一家》
1944 年	约翰内斯·延森（丹麦）	《希默兰的故事》
1945 年	加夫列拉·米斯特拉尔（智利）	《葡萄压榨机》
1946 年	赫尔曼·黑塞（瑞士）	《荒原狼》
1947 年	安德烈·纪德（法国）	《窄门》
1949 年	威廉·福克纳（美国）	《喧哗与骚动》
1954 年	海明威（美国）	《永别了，武器》
1956 年	希梅内斯（西班牙）	《小毛驴与我》
1957 年	加缪（法国）	《局外人》
1958 年	帕斯捷尔纳克（苏联）	《日瓦戈医生》